LE CHATEAU

DES DÉSERTES.

Paris. — Imprimerie de madame veuve Dondey-Dupré, 46, rue Saint-Louis, au Marais.

LE CHATEAU

DES

DÉSERTES

PAR

GEORGE SAND.

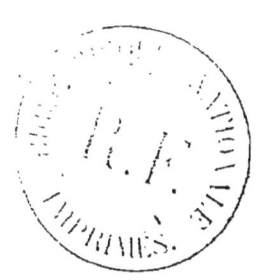

I

PARIS.

MICHEL LÉVY FRÈRES, LIBRAIRES-ÉDITEURS

RUE VIVIENNE, 2 bis.

—

1851

A M. W. C. MACREADY.

—➤◆—

Ce petit ouvrage essayant de remuer quelques idées sur l'art dramatique, je le mets sous la protection d'un grand nom et d'une honorable amitié.

GEORGE SAND.

Nohant, 30 Avril 1847.

I.

LA JEUNE MÈRE.

I.

La jeune Mère.

Avant d'arriver à l'époque de ma vie qui fait le sujet de ce récit, je dois dire en trois mots qui je suis.

Je suis le fils d'un pauvre ténor italien

et d'une belle dame française. Mon père
se nommait Tealdo Soavi ; je ne nommerai
point ma mère. Je ne fus jamais avoué par
elle, ce qui ne l'empêcha point d'être bonne
et généreuse pour moi. Je dirai seulement
que je fus élevé dans la maison de la marquise de ..., à Turin et à Paris, sous un
nom de fantaisie.

La marquise aimait les artistes sans aimer les arts. Elle n'y entendait rien et prenait un égal plaisir à entendre une valse
de Strauss et une fugue de Bach. En peinture, elle avait un faible pour les étoffes
vert et or, et elle ne pouvait souffrir une toile

mal encadrée. Légère et charmante, elle dansait à quarante ans comme une sylphide et fumait des cigarettes de contrebande avec une grâce que je n'ai vue qu'à elle. Elle n'avait aucun remords d'avoir cédé à quelques entraînements de jeunesse et ne s'en cachait point trop, mais elle eût trouvé de mauvais goût de les afficher. Elle eut de son mari un fils que je ne nommai jamais mon frère, mais qui est toujours pour moi un bon camarade et un aimable ami.

Je fus élevé comme il plut à Dieu; l'argent n'y fut pas épargné. La marquise était riche, et, pourvu qu'elle n'eût à prendre aucun souci de mes aptitudes et de mes progrès, elle se faisait un devoir de ne me refuser aucun moyen de développement. Si elle n'eût été en réalité que ma parente éloignée et ma bienfaitrice, comme elle l'était officiellement, j'aurais été le plus heureux et le plus reconnaissant des orphelins ; mais les femmes de chambre avaient eu trop de part à ma première éducation pour que j'ignorasse le secret de ma naissance. Dès que je pus sortir de leurs mains, je m'efforçai d'oublier la douleur et l'effroi que leur indiscrétion m'avait causés. Ma mère me permit de voir

le monde à ses côtés, et je reconnus, à la
frivolité bienveillante de son caractère, au
peu de soin mental qu'elle prenait de son
fils légitime, que je n'avais aucun sujet de
me plaindre. Je ne conservai donc point
d'amertume contre elle, je n'en eus jamais
le droit; mais une sorte de mélancolie,
jointe à beaucoup de patience, de tolérance
extérieure et de résolution intime, se
trouva être au fond de mon esprit, de bonne
heure et pour toujours.

J'éprouvais parfois un violent désir d'aimer et d'embrasser ma mère. Elle m'ac-
cordait un sourire en passant, une caresse

à la dérobée. Elle me consultait sur le choix de ses bijoux et de ses chevaux ; elle me félicitait d'avoir du *goût*, donnait des éloges à mes instincts de savoir-vivre, et ne me gronda pas une seule fois en sa vie; mais jamais aussi elle ne comprit mon besoin d'expansion avec elle. Le seul mot maternel qui lui échappa fut pour me demander, un jour qu'elle s'aperçut de ma tristesse, si j'étais jaloux de son fils, et si je ne me trouvais pas aussi bien traité que *l'enfant de la maison*. Or, comme, sauf le plaisir très creux d'avoir un nom et le bonheur très faux d'avoir dans le monde une position toute faite pour l'oisiveté, mon frère

n'était effectivement pas mieux traité que
moi, je compris une fois pour toutes, dans
un âge encore assez tendre, que tout sentiment d'envie et de dépit serait de ma part
ingratitude et lâcheté. Je reconnus que
ma mère m'aimait autant qu'elle pouvait
aimer, plus peut-être qu'elle n'aimait mon
frère, car j'étais l'enfant de l'amour, et ma
figure lui plaisait plus que la ressemblance
de son héritier avec son mari.

Je m'attachai donc à lui complaire, en
prenant mieux que lui les leçons qu'elle
payait pour nous deux avec une égale libé-
ralité, une égale insouciance. Un beau

jour, elle s'aperçut que j'avais profité, et
que j'étais capable de me tirer d'affaire
dans la vie. « Et mon fils? dit-elle avec
un sourire; il risque fort d'être ignorant
et paresseux, n'est-ce pas?... » Puis elle
ajouta naïvement : « Voyez comme c'est
heureux, que ces deux enfants aient compris chacun sa position! » Elle m'em-
brassa au front, et tout fut dit. Mon frère
n'essuya aucun reproche de sa part. Sans
s'en douter, et grâce à ses instincts dé-
bonnaires, elle avait détruit entre nous
tout levain d'émulation, et l'on con-
çoit qu'entre un fils légitime et un bâ-
tard l'émulation eût pu se changer fort

aisément en aversion et en jalousie.

Je travaillai donc pour mon propre compte, et je pus me livrer sans anxiété et sans amour-propre maladif au plaisir que je trouvais naturellement à m'instruire. Entouré d'artistes et de gens du monde, mon choix se fit tout aussi naturellement. Je me sentais artiste, et, si j'eusse été maltraité par ceux qui ne l'étaient pas, je me serais élancé dans la carrière avec une sorte d'âpreté chagrine et hautaine. Il n'en fut rien. Tous les amis de ma mère m'encourageaient de leur bienveillance, et moi, ne me sentant blessé nulle part, j'entrai dans la voie qui me parut la mienne avec le calme et la sérénité d'une âme qui prend librement possession de son domaine.

Je portai dans l'étude de la peinture toutes les facultés qui étaient en moi, sans fièvre, sans irritation, sans impatience. A vingt-cinq ans seulement, je me sentis arrivé au premier degré de développement de ma force, et je n'eus pas lieu de regretter mes tàtonnements.

Ma mère n'était plus ; elle m'avait oublié dans son testament, mais elle était morte

en me faisant écrire un billet fort gracieux
pour me féliciter de mes premiers succès,
et en donnant une signature à son ban-
quier pour payer les premières dettes de
mon frère. Elle avait fait autant pour moi
que pour lui, puisqu'elle nous avait mis
tous les deux à même de devenir des
hommes. J'étais arrivé au but le premier ;
je ne dépendais plus que de mon courage
et de mon intelligence. Mon frère dépen-
dait de sa fortune et de ses habitudes ;
je n'eusse pas changé son sort contre le
mien.

Depuis quelques années, je ne voyais

plus ma mère que rarement. Je lui écrivais
à d'assez longs intervalles. Il m'en coûtait
de l'appeler, conformément à ses prescrip-
tions, *ma bonne protectrice*. Ses lettres ne me
causaient qu'une joie mélancolique, car
elles ne contenaient guère que des questions de détail matériel et des offres d'argent relativement à mon travail. « *Il me
semble*, écrivait-elle, qu'il y a *quelque temps*
que vous ne m'avez rien demandé, et je
vous supplie de ne point faire de dettes,
puisque ma bourse est toujours à votre
disposition. Traitez-moi toujours en ceci
comme votre véritable amie. »

Cela était bon et généreux sans doute,

mais cela me blessait chaque fois davantage. Elle ne remarquait pas que, depuis plusieurs années, je ne lui coûtais plus rien, tout en ne faisant point de dettes. Quand je l'eus perdue, ce que je regrettai le plus, ce fut l'espérance que j'avais vaguement nourrie qu'elle m'aimerait un jour; ce qui me fit verser des larmes, ce fut la pensée que j'aurais pu l'aimer passionnément, si elle l'eût bien voulu. Enfin, je pleurais de ne pouvoir pleurer vraiment ma mère.

Tout ce que je viens de raconter n'a aucun rapport avec l'épisode de ma vie

que je vais retracer. Il ne se trouvera aucun lien entre le souvenir de ma première
jeunesse et les aventures qui en ont rempli la seconde période. J'aurais donc pu
me dispenser de cette exposition ; mais il
m'a semblé pourtant qu'elle était nécessaire. Un narrateur est un être passif qui
ennuie quand il ne rapporte pas les faits
qui le touchent à sa propre individualité
bien constatée. J'ai toujours détesté les
histoires qui procèdent par *je*, et si je ne
raconte pas la mienne à la troisième personne, c'est que je me sens capable de
rendre compte de moi-même, et d'être,
sinon le héros principal, du moins un per-

sonnage actif dans les événements dont j'évoque le souvenir.

J'intitule ce petit drame du nom d'un lieu où ma vie s'est révélée et dénouée. Mon nom, à moi, c'est-à-dire le nom qu'on m'a choisi en naissant, est Adorno Salentini. Je ne sais pas pourquoi je ne me serais pas appelé *Soavi* comme mon père. Peut-être que ce n'était pas non plus son nom. Ce qu'il y a de certain, c'est qu'il mourut sans savoir que j'existais. Ma mère, aussi vite épouvantée qu'éprise, lui avait caché les conséquences de leur liaison pour pouvoir la rompre plus entièrement.

Pour toutes les causes qui précèdent, me voyant et me sentant doublement orphelin dans la vie, j'étais tout accoutumé à ne compter que sur moi-même. Je pris des habitudes de discrétion et de réserve en raison des instincts de courage et de fierté que je cultivais en moi avec soin.

Deux ans après la mort de ma mère, c'est-à-dire à vingt-sept ans, j'étais déjà fort et libre au gré de mon ambition, car je gagnais un peu d'argent, et j'avais très peu de besoins; j'arrivais à une certaine réputation sans avoir eu trop de protecteurs, à un certain talent sans trop craindre ni rechercher les conseils de personne, à une certaine satisfaction intérieure, car je me trouvais sur la route d'un progrès assuré, et je voyais assez clair dans mon avenir d'artiste. Tout ce qui me manquait encore, je le sentais couver en silence dans mon sein, et j'en attendais l'éclosion avec une joie secrète qui me soutenait, et une apparence de calme qui m'empêchait d'avoir des ennemis. Personne encore ne pressentait en moi un rival bien terrible ; moi, je ne me sentais pas de rivaux funestes. Aucune gloire officielle ne me faisait peur. Je souriais intérieurement de voir des hommes, plus inquiets et plus pressés que moi, s'enivrer d'un succès précaire. Doux et facile à vivre, je pouvais constater en moi une force de patience dont je savais bien être incapables les natures violentes, emportées autour de moi comme des feuilles par le vent d'orage. Enfin j'offrais à l'œil de celui qui voit tout ce que je cachais au regard dangereux et trouble des hommes : le contraste d'un tempérament paisible avec une imagination vive et une volonté prompte.

A vingt-sept ans, je n'avais pas encore aimé, et certes ce n'était pas faute d'amour dans le sang et dans la tête ; mais mon

cœur ne s'était jamais donné. Je le recon-

naissais si bien, que je rougissais d'un

plaisir comme d'une faiblesse, et que je

me reprochais presque ce qu'un autre

eût appelé ses bonnes fortunes. Pourquoi

mon cœur se refusait-il à partager l'enivre-

ment de ma jeunesse ? Je l'ignore. Il n'est

point d'homme qui puisse se définir au

point de n'être pas, sous quelque rapport,

un mystère pour lui-même. Je ne puis donc

m'expliquer ma froideur intérieure que

par induction. Peut-être ma volonté était-

elle trop tendue vers le progrès dans mon

art. Peut-être étais-je trop fier pour me

livrer avant d'avoir le droit d'être compris. Peut-être encore, et il me semble que je retrouve cette émotion dans mes vagues souvenirs, peut-être avais-je dans l'âme un idéal de femme que je ne me croyais pas encore digne de posséder, et pour lequel je voulais me conserver pur de tout servage.

Cependant mon temps approchait. A mesure que la manifestation de ma vie me devenait plus facile dans la peinture, l'explosion de ma puissance cachée se préparait dans mon sein par une inquiétude croissante. A Vienne, pendant un rude

hiver, je connus la duchesse de..., noble
italienne, belle comme un camée antique,
éblouissante femme du monde, et *dilettante*
à tous les degrés de l'art. Le hasard lui fit
voir une peinture de moi. Elle la comprit
mieux que toutes les personnes qui l'en-
touraient. Elle s'exprima sur mon compte
en des termes qui caressèrent mon amour-
propre. Je sus qu'elle me plaçait plus haut
que ne faisait encore le public, et qu'elle
travaillait à ma gloire sans me connaître,
par pur amour de l'art. J'en fus flatté ; la
reconnaissance vint attendrir l'orgueil
dans mon sein. Je désirai lui être présenté : je fus accueilli mieux encore que

je ne m'y attendais. Ma figure et mon langage parurent lui plaire, et elle me dit,
presque à la première entrevue, qu'en
moi l'homme était encore supérieur au
peintre. Je me sentis plus ému par sa
grâce, son élégance et sa beauté, que je
ne l'avais encore été auprès d'aucune
femme.

Une seule chose me chagrinait : certaines habitudes de mollesse, certaines lo-
cutions d'éloges officiels, certaines for-
mules de sympathie et d'encouragement,
me rappelaient la douce, libérale et insou-
cieuse femme dont j'avais été le fils et le

protégé. Parfois j'essayais de me persuader que c'était une raison de plus pour moi de m'attacher à elle; mais parfois aussi je tremblais de retrouver, sous cette enveloppe charmante, la femme du monde, cet être banal et froid, habile dans l'art des niaiseries, maladroit dans les choses sérieuses, généreux de fait sans l'être d'intention, aimant à faire le bonheur d'autrui, à la condition de ne pas compromettre le sien.

J'aimais, je doutais, je souffrais. Elle n'avait pas une réputation d'austérité bien établie, quoique ses faiblesses n'eussent jamais fait scandale. J'avais tout lieu d'espérer un délicieux caprice de sa part. Cela ne m'enivrait pas. Je n'étais plus assez enfant pour me glorifier d'inspirer un caprice ; j'étais assez homme pour aspirer à être l'objet d'une passion. Je brûlais d'un feu mystérieux trop longtemps comprimé pour ne pas m'avouer que j'allais être en proie moi-même à une passion énergique ; mais, lorsque je me sentais sur le point d'y céder, j'étais épouvanté de l'idée que j'allais donner tout pour recevoir peu... peut-être rien. J'avais peur, non pas précisément de devenir dans le monde une dupe de plus ; qu'importe, quand l'erreur est douce et profonde? mais peur d'user mon âme, ma force morale, l'avenir de mon talent, dans une lutte pleine d'angoisses et de mécomptes. Je pourrais dire que j'avais peur enfin de n'être pas complétement dupe, et que je me méfiais du retour de ma clairvoyance prête à m'échapper.

Un soir, nous allâmes ensemble au théâtre. Il y avait plusieurs jours que je ne l'avais vue. Elle avait été malade; du moins sa porte avait été fermée, et ses traits étaient légèrement altérés. Elle m'avait envoyé une place dans sa loge pour assis-

ter avec moi et un autre de ses amis, espèce
de sigisbée insignifiant, au début d'un
jeune homme dans un opéra italien.

J'avais travaillé avec beaucoup d'ardeur
et avec une sorte de dépit fiévreux durant
la maladie feinte ou réelle de la duchesse.
Je n'étais pas sorti de mon atelier, je n'a-
vais vu personne, je n'étais plus au courant des nouvelles de la ville.

— Qui donc débute ce soir? lui demandai-je un instant avant l'ouverture.

— Quoi! vous ne le savez pas? me dit-

elle avec un sourire carressant, qui semblait me remercier de mon indifférence à
tout ce qui n'était pas elle.

Puis elle reprit d'un air d'indifférence :

— C'est un tout jeune homme, mais
dont on espère beaucoup. Il porte un nom
célèbre au théâtre, il s'appelle Celio Floriani.

— Est-il parent, demandai-je, de la célèbre Lucrezia Floriani, qui est morte il
y a deux ou trois ans?

— Son propre fils, répondit la duchesse,

un garçon de vingt-quatre ans, beau
comme sa mère et intelligent comme elle.

Je trouvai cet éloge trop complet ; l'instinct jaloux se développait en moi ; à mon
gré, la duchesse se hâtait trop d'admirer les jeunes talents. J'oubliai d'être
reconnaissant pour mon propre compte.

— Vous le connaissez? lui dis-je avec
d'autant plus de calme que je me sentais
plus ému.

— Oui, je le connais un peu, répondit-
elle en dépliant son éventail ; je l'ai entendu
deux fois depuis qu'il est ici.

Je ne répondis rien. Je fis faire un détour à la conversation, pour obtenir, par surprise, l'aveu que je redoutais. Au bout de cinq minutes de propos oiseux en apparence, j'appris que la duchesse avait entendu chanter deux fois dans son salon le jeune Celio Floriani, pendant que la porte m'était fermée, car ce débutant n'était arrivé à Vienne que depuis cinq jours.

Je renfermai ma colère, mais elle fut devinée, et la duchesse s'en tira aussi bien que possible. Je n'étais pas encore assez *lié* avec elle pour avoir le droit d'attendre une justification. Elle daigna me la donner assez satisfaisante, et mon amertume fit place à la reconnaissance. Elle avait beaucoup connu la fameuse Floriani, et vu son fils adolescent auprès d'elle. Il était venu naturellement la saluer à son arrivée, et, croyant lui devoir aide et protection, elle avait consenti à le recevoir et à l'entendre, quoique malade et séquestrée. Il avait chanté pour elle devant son médecin, elle l'avait écouté par ordonnance de médecin. « Je ne sais si c'est que je m'ennuyais d'être seule, ajouta-t-elle d'un ton languissant, ou si mes nerfs étaient détendus par le régime; mais il est certain qu'il m'a fait plaisir et que j'ai bien auguré de son début. Il a une voix magnifique, une belle méthode et un extérieur agréable; mais que sera-t-il sur la scène? C'est si différent d'entendre un virtuose à huis clos! Je crains pour ce pauvre enfant l'épreuve terrible du public. Le nom qu'il porte est un rude fardeau à soutenir; on attend beaucoup de lui : noblesse oblige! »

— C'est une cruauté, madame, dit le marquis R., qui se tenait au fond de la loge, le public est bête; il devrait savoir que les personnes de génie ne mettent au monde que des enfants bêtes. C'est une loi de nature.

— J'aime à croire que vous vous trom-
pez, ou que la nature ne se trompe pas
toujours si sottement, répondit la duchesse
d'un air narquois. Votre fille est une personne charmante et pleine d'esprit. —
Puis, comme pour atténuer l'effet désa-
gréable que pouvait produire sur moi cette
répartie un peu vive, elle me dit tout bas,
derrière son éventail : « J'ai choisi le
marquis pour être avec nous ce soir,
parce qu'il est le plus bête de tous mes
amis. »

Je savais que le marquis s'endormait
toujours au lever du rideau ; je me sentis

heureux et tout disposé à la bienveillance
pour le débutant.

— Quelle voix a-t-il? demandai-je.

— Qui? le marquis? reprit-elle en
riant.

— Non, votre protégé?

— *Primo basso cantante.* Il se risque dans
un rôle bien fort, ce soir. Tenez, on commence; il entre en scène! voyez. Pauvre
enfant! comme il doit trembler!

Elle agita son éventail. Quelques claques

saluèrent l'entrée de Celio. Elle y joignit si vivement le faible bruit de ses petites mains, que son éventail tomba. « Allons, me dit-elle, comme je le ramassais, applaudissez aussi le nom de la Floriani, c'est un grand nom en Italie, et, nous autres Italiens, nous devons le soutenir. Cette femme a été une de nos gloires.

— Je l'ai entendue dans mon enfance, répondis-je ; mais c'est donc depuis qu'elle était retirée du théâtre que vous l'avez particulièrement connue ? car vous êtes trop jeune...

Ce n'était pas le moment de faire une

circonlocution pour apprendre si la duchesse avait vu la Floriani une fois ou vingt
fois en sa vie. J'ai su plus tard qu'elle ne
l'avait jamais vue que de sa loge, et que
Celio lui avait été simplement recom-
mandé par le comte Albani. J'ai su bien
d'autres choses... Mais Celio débitait son
récitatif, et la duchesse toussait trop pour
me répondre. Elle avait été si enrhumée !

II.

LE VER LUISANT.

II.

Le Ver luisant.

Il y avait alors au théâtre impérial une chanteuse qui eût fait quelque impression sur moi, si la duchesse de... ne se fût emparée plus victorieusement de mes pensées. Cette chanteuse n'était ni de la première beauté, ni de la première jeunesse, ni du premier ordre de talent. Elle se nommait Cecilia Boccaferri ; elle avait une trentaine d'années, les traits un peu fatigués, une jolie taille, de la distinction, une voix plutòt douce et sympathique que puissante ; elle remplissait sans fracas d'engouement, comme sans contestation de la part du public, l'emploi de *seconda donna*.

Sans m'éblouir, elle m'avait plu hors de la scène plutòt que sur les planches. Je la rencontrais quelquefois chez un professeur de chant qui était mon ami et qui avait été son maître, et dans quelques

salons où elle allait chanter avec les per-

miers sujets. Elle vivait, disait-on, fort

sagement, et faisait vivre son père, vieux

artiste paresseux et désordonné. C'était

une personne modeste et calme que l'on

accueillait avec égard, mais dont on s'occu-

pait fort peu dans le monde.

Elle entra en même temps que Celio, et,

bien qu'elle ne s'occupât jamais du public

lorsqu'elle était à son rôle, elle tourna les

yeux vers la loge d'avant-scène ou j'étais

avec la duchesse. Il y eut dans ce regard

furtif et rapide quelque chose qui me

frappa : j'étais disposé à tout remarquer et à tout commenter ce soir-là.

Celio Floriani était un garçon de vingt-quatre à vingt-cinq ans, d'une beauté accomplie. On disait qu'il était tout le portrait de sa mère, qui avait été la plus belle femme de son temps. Il était grand sans l'être trop, svelte sans être grêle. Ses membres dégagés avaient de l'élégance, sa poitrine large et pleine annonçait la force. La tête était petite comme celle d'une belle statue antique, les traits d'une pureté délicate avec une expression vive et une couleur solide ; l'œil noir, étincelant ; les

cheveux épais, ondés et plantés au front
par la nature selon toutes les règles de l'art
italien ; le nez était droit, la narine nette
et mobile, le sourcil pur comme un trait
de pinceau, la bouche vermeille et bien
découpée, la moustache fine et encadrant
la lèvre supérieure par un mouvement de
frisure naturelle d'une grace coquette ; les
plans de la joue sans défaut, l'oreille petite,
le cou dégagé, rond, blanc et fort, la
main bien faite ; le pied de même, les
dents éblouissantes, le sourire malin, le
regard très hardi..... Je regardai la duchesse... Je la regardai d'autant mieux,
qu'elle n'y fit point d'attention, tant elle

était absorbée par l'entrée du débutant.

La voix de Celio était magnifique, et il
savait chanter ; cela se jugeait dès les premières mesures. Sa beauté ne pouvait pas
lui nuire : pourtant, lorsque je reportai
mes regards de la duchesse à l'acteur, ce
dernier me parut insupportable. Je crus
d'abord que c'était prévention de jaloux ;
je me moquai de moi-même ; je l'applau-
dis, je l'encourageai d'un de ces *bravo* à
demi-voix que l'acteur entend fort bien
sur la scène. Là je rencontrai encore le
regard de mademoiselle Boccaferri attaché
sur la duchesse et sur moi. Cette préoccu-

pation n'était pas dans ses habitudes, car elle avait un maintien éminemment grave et un talent spécialemsnt consciencieux.

Mais j'avais beau faire le dégagé : d'une part, je voyais la duchesse en proie à un trouble inconcevable, à une émotion qu'elle ne pouvait plus me cacher, on eût dit qu'elle ne l'essayait même pas ; d'autre part, je voyais le beau Celio, en dépit de son audace et de ses moyens, s'achemi-ner vers une de ces chûtes dont on ne se relève guère, ou tout au moins vers un de ces *fiasco* qui laissent après eux des années de découragement et d'impuis-sance.

En effet, ce jeune homme se présenta
avec un aplomb qui frisait l'outrecuidance.
On eût dit que le nom qu'il portait était
écrit par lui sur son front pour être salué
et adoré sans examen de son individualité ; on eût dit aussi que sa beauté devait
faire baisser les yeux, même aux hommes.
Il avait cependant du talent et une puissance incontestable : il ne jouait pas mal,
et il chantait bien ; mais il était insolent
dans l'âme, et cela perçait par tous ses
pores. La manière dont il accueillit les
premiers applaudissements déplut au public. Dans son salut et dans son regard,
on lisait clairement cette modeste allocu-

tion intérieure : « Tas d'imbéciles que
vous êtes, vous serez bientôt forcés de
m'applaudir davantage. Je méprise le
faible tribut de votre indulgence ; j'ai
droit à des transports d'admiration. »

Pendant deux actes, il se maintint à
cette hauteur dédaigneuse, et le public
incertain lui pardonna généreusement son
orgueil, voulant voir s'il le justifierait, et
si cet orgueil était un droit légitime ou
une prétention impertinente. Je n'aurais
su dire moi-même lequel c'était, car je
l'écoutais avec un désintéressement amer.
Je ne pouvais plus douter de l'engoue-

ment de ma compagne pour lui; je le
lui disais, même assez malhonnêtement,
sans la fâcher, sans la distraire ; elle n'at-
tendait qu'un moment d'éclatant triomphe de Celio pour me dire que j'étais un
fat et qu'elle n'avait jamais pensé à moi.

Ce moment de triomphe sur lequel tous
deux comptaient, c'était un duo du troisième acte avec la signora Boccaferri. Cette
sage créature semblait s'y prêter de bonne
grace et vouloir s'effacer derrière le succès
du débutant. Celio s'était ménagé jusque-
là ; il arrivait à un effet avec la certitude
de le produire.

Mais que se passa-t-il d'un tout coup entre le public et lui? Nul ne l'eût expliqué, chacun le sentit. Il était là, lui, comme un magnétiseur qui essaie de prendre possession de son sujet, et qui ne se rebute pas de la lenteur de son action. Le public était comme le patient, à la fois naïf et sceptique, qui attend de ressentir ou de secouer le charme pour se dire : « Celui-ci est un prophète ou un charlatan. » Celio ne chanta pourtant pas mal, la voix ne lui manqua pas ; mais il voulut peut-être aider son effet par un jeu trop accusé : eut-il un geste faux, une intonation douteuse, une attitude ridicule? Je n'en sais rien. Je re-

gardai la duchesse prête à s'évanouir,
lorsqu'un froid sinistre plana sur toutes
les têtes, un sourire sépulcral effleura tous
les visages. L'air fini, quelques amis es-
sayèrent d'applaudir ; deux ou trois *chut*
discrets, contre lesquels personne n'osa
protester, firent tout rentrer dans le silence
Le *fiasco* était consommé.

La duchesse était pâle comme la mort ;
mais ce fut l'affaire d'un instant. Reprenant l'empire d'elle même avec une mer-
veilleuse dextérité, elle se tourna vers
moi, et me dit en souriant, en affrontant
mon regard comme si rien n'était changé

entre nous : — Allons, c'est trois ans d'é-
tude qu'il faut encore à ce chanteur-là !
Le théâtre est un autre lieu d'épreuve que
l'auditoire bienveillant de la vie privée.
J'aurais pourtant cru qu'il s'en serait mieux
tiré. Pauvre Floriani, comme elle eût souffert si cela se fût passé de son vivant!
Mais qu'avez-vous donc, monsieur Salentini? On dirait que vous avez pris tant
d'intérêt à ce début, que vous vous sentez
consterné de la chute?

— Je n'y songeais pas, madame, répondis-je ; je regardais et j'écoutais mademoiselle Boccaferri, qui vient de dire admira-

blement bien une toute petite phrase fort
simple.

— Ah ! bah ! vous écoutez la Boccaferri,
vous ? Je ne lui fais pas tant d'honneur.
Je n'ai jamais su ce qu'elle disait mal ou
bien.

— Je ne vous crois pas, madame ; vous
êtes trop bonne musicienne et trop artiste
pour n'avoir pas mille fois remarqué qu'elle
chante comme un ange.

— Rien que cela ! A qui en avez-vous, .
Salentini ? Est-ce vraiment de la Bocca-

ferri que vous me parlez ? J'ai mal entendu
sans doute.

— Vous avez fort bien entendu, madame ; Cecilia Boccaferri est une personne
accomplie et une artiste du plus grand
mérite. C'est votre doute à cet égard qui
m'étonne.

— Oui-da ! vous êtes facétieux aujour-
d'hui, reprit la duchesse sans se décon-
certer.

Elle était charmée de me supposer du
dépit ; elle était loin de croire que je fusse

parfaitement calme et détaché d'elle, ou au moment de l'être.

— Non, madame, repris-je, je ne plaisante pas. J'ai toujours fait grand cas des talents qui se respectent et qui se tiennent, sans aigreur, sans dégoût et sans folle ambition, à la place que le jugement public leur assigne. La signora Boccaferri est un de ces talents purs et modestes qui n'ont pas besoin de bruit et de couronnes pour se maintenir dans la bonne voie. Son organe manque d'éclat, mais son chant ne manque jamais d'ampleur. Ce timbre, un peu voilé, a un charme qui me pénètre.

Beaucoup de *prime donne* fort en vogue n'ont pas plus de plénitude ou de fraîcheur dans le gosier ; il en est même qui n'en ont plus du tout. Elles appellent alors à leur aide l'*artifice* au lieu de l'*art*, c'est-à-dire le mensonge. Elles se créent une voix factice, une méthode personnelle, qui consiste à sauver toutes les parties défectueuses de leur registre pour ne faire valoir que certaines notes criées, chevrotées, sanglotées, étouffées, qu'elles ont à leur service. Cette méthode, prétendue dramatique et savante, n'est qu'un misérable tour de gibecière, un escamotage maladroit, une fourberie dont les ignorants sont seuls

dupes ; mais, à coup sûr, ce n'est plus là
du chant, ce n'est plus de la musique. Que
deviennent l'intention du maître, le sens
de la mélodie, le génie du rôle, lorsqu'au
lieu d'une déclamation naturelle, et qui
n'est vraisemblable et pathétique qu'à la
condition d'avoir des nuances alternatives
de calme et de passion, d'abattement et
d'emportement, la cantatrice, incapable
de rien *dire* et de rien *chanter*, crie, soupire
et larmoie son rôle d'un bout à l'autre?
D'ailleurs, quelle couleur, quelle physio-
nomie, quel sens peut avoir un chant écrit
pour la voix, quand, à la place d'une voix
humaine et vivante, le virtuose épuisé

met un cri, un grincement, une suffocation

perpétuels? Autant vaut chanter Mozart

avec la *pratique* de Pulcinella sur la langue;

autant vaut assister aux hurlements de

l'épilepsie. Ce n'est pas davantage de l'art,

c'est de la réalité plus positive.

— Bravo, monsieur le peintre! dit la

duchesse avec un sourire malin et cares-

sant; je ne vous savais pas si docte et si

subtil en fait de musique! Pourquoi est-

ce la première fois que vous en parlez si

bien? J'aurais toujours été de votre avis...

en théorie, car vous faites une mauvaise

application en ce moment. La pauvre

Boccaferri a précisément une de ces voix
usées et flétries qui ne peuvent plus chanter.

— Et pourtant, repris-je avec fermeté,
elle chante toujours, elle ne fait que chanter, elle ne crie et ne suffoque jamais, et
c'est pour cela que le public frivole ne fait
point d'attention à elle. Croyez-vous qu'elle
soit si peu habile qu'elle ne pût viser à
l'*effet* tout comme une autre, et remplacer
l'*art* par l'*artifice*, si elle daignait abaisser
son âme et sa science jusque-là ? Que
demain elle se lasse de passer inaperçue
et qu'elle veuille agir sur la fibre nerveuse

de son auditoire par des cris, elle éclipsera ses rivales, je n'en doute pas. Son organe, voilé d'habitude, est précisément de ceux qui s'éclaircissent par un effort physique, et qui vibrent puissamment quand le chanteur veut sacrifier le charme à l'étonnement, la vérité à l'effet.

— Mais alors, convenez-en vous-même, que lui reste-t-il, si elle n'a ni le courage et la volonté de produire l'effet par un certain artifice, ni la santé de l'organe qui possède le charme naturel ? Elle n'agit ni sur l'imagination trompée, ni sur l'oreille satisfaite, cette pauvre fille !

Elle dit proprement ce qui est écrit dans son rôle; elle ne choque jamais, elle ne dérange rien. Elle est musicienne, j'en conviens, et utile dans l'ensemble; mais, seule, elle est nulle. Qu'elle entre, qu'elle sorte, le théâtre est toujours vide quand elle le traverse de ses bouts de rôle et de ses petites phrases perlées.

— Voilà ce que je nie, et, pour mon compte, je sens qu'elle remplit, non pas seulement le théâtre de sa présence, mais qu'elle pénètre et anime l'opéra de son intelligence. Je nie également que le défaut de plénitude de son organe en exclue le

charme. D'abord ce n'est pas une voix malade, c'est une voix délicate, de même que
la beauté de mademoiselle Boccaferri
n'est pas une beauté flétrie, mais une
beauté voilée. Cette beauté suave, cette
voix douce, ne sont pas faites pour les sens
toujours un peu grossiers du public ; mais
l'artiste qui les comprend devine des trésors de vérité sous cette expression conte-
nue, où l'âme tient plus encore qu'elle ne
promet et ne s'épuise jamais, parce qu'elle
ne se prodigue point.

— Oh! mille et mille fois pardon, mon
cher Salentini! s'écria la duchesse en

riant et en me tendant la main d'un air enjoué et affectueux ; je ne vous savais pas amoureux de la Boccaferri ; si je m'en étais doutée, je ne vous aurais pas contrarié en disant du mal d'elle. Vous ne m'en voulez pas? vrai, je n'en savais rien !

Je regardai attentivement la duchesse. Qu'elle eût été sincère dans son désintéressement, je redevenais amoureux; mais elle ne put soutenir mon regard, et l'étincelle diabolique jaillit du sien à la dérobée.

— Madame, lui dis-je sans baiser sa

main que je pressai faiblement, vous n'aurez jamais à vous excuser d'une maladresse, et moi, je n'ai jamais été amoureux de Mademoiselle Bocca-ferri avant cette représentation où je viens de la comprendre pour la première fois.

— Et c'est moi qui vous ai aidé, sans doute, à faire cette découverte?

— Non, madame, c'est Celio Flo-riani.

La duchesse frémit, et je continuai fort

tranquillement : — C'est en voyant combien ce jeune homme avait peu de conscience, que j'ai senti le prix de la conscience dans l'art lyrique, aussi clairement
que je le sens dans l'art de la peinture et
dans tous les arts.

— Expliquez-moi cela, dit la duchesse,
affectant de reprendre parti pour Celio. Je
n'ai pas vu qu'il manquât de conscience,
ce beau jeune homme ; il a manqué de
bonheur, voilà tout.

— Il a manqué à ce qu'il y a de plus sacré, repris-je froidement ; il a manqué à

l'amour et au respect de son art. Il a
mérité que le public l'en punît, quoique le
public ait rarement de ces instincts de justice et de fierté. Consolez-vous pourtant,
madame, son succès n'a tenu qu'à un fil,
et, en procédant par l'audace et le conten-
tement de soi-même, un artiste peut toujours être applaudi, faire des dupes, voire
des victimes ; mais moi, qui vois très clair
et qui suis tout-à-fait impartial dans la
question, j'ai compris que l'absence de
charme et de puissance de ce jeune homme
tenait à sa vanité, à son besoin d'être
admiré, à son peu d'amour pour l'œuvre
qu'il chantait, à son manque de respect

pour l'esprit et les traditions de son rôle.
Il s'est nourri toute sa vie, j'en suis sûr, de
l'idée qu'il ne pouvait faillir et qu'il avait
le don de s'imposer. Probablement c'est un
enfant gâté. Il est joli, intelligent, gracieux ;
sa mère a dû être son esclave, et toutes les
dames qu'il fréquente doivent l'enivrer de
voluptés. Celle de la louange est la plus
mortelle de toutes. Aussi s'est-il présenté
devant le public comme une coquette ef-
frontée qui éclabousse le pauvre monde
du haut de son équipage. Personne n'a pu
nier qu'il fût jeune, beau et brillant ; mais
on s'est mis à le haïr, parce qu'on a senti
dans son maintien quelque chose de la co-

quette. Oui, coquette est le mot. Savez-vous ce que c'est qu'une coquette, madame la duchesse?

— Je ne le sais pas, monsieur Salentini; mais vous, vous le savez, sans doute?

— Une coquette, repris-je sans me laisser troubler par son air de dédain, c'est une femme qui fait par vanité ce que la courtisane fait par cupidité; c'est un être qui fait le fort pour cacher sa faiblesse, qui fait semblant de tout mépriser pour secouer le poids du mépris public, qui essaie d'écraser la foule pour faire oublier

qu'elle s'abaisse et rampe devant chacun
en particulier : c'est un mélange d'audace
et de lâcheté, de bravade téméraire et de
terreur secrète... A Dieu ne plaise que
j'applique ce portrait dans toute sa rigueur
à aucune personne de votre connaissance !
A Celio même, je ne le ferais pas sans res-
triction. Mais je dis que la plupart des artistes qui cherchent le succès sans conscience et sans recueillement sont un peu
dans la voie de la courtisane sans le savoir : ils feignent de mépriser le jugement
d'autrui, et ils n'ont travaillé toute leur
vie qu'à l'obtenir favorable; ils ne sont si
irrités de manquer leur triomphe que

parce que le triomphe a été leur unique mobile. S'ils aimaient leur art pour lui-même, ils seraient plus calmes et ne feraient pas dépendre leurs progrès d'un peu plus ou moins de blâme ou d'éloge. Les courtisanes affectent de mépriser la vertu qu'elles envient. Les artistes dont je parle affectent de se suffire à eux-mêmes, précisément parce qu'ils se sentent mal avec eux-mêmes. Celio Floriani est le fils d'une vraie, d'une grande artiste. Il n'a pas voulu suivre les traditions de sa mère, il en est trop cruellement puni ! Dieu veuille qu'il profite de la leçon, qu'il ne se laisse point abattre, et qu'il se remette à l'étude

sans dégoût et sans colère! Voulez-vous
que j'aille le trouver de votre part, madame, et que je l'invite à souper chez vous
au sortir du spectacle? Il doit avoir besoin
de consolation, et ce serait généreux à
vous de le traiter d'autant mieux qu'il est
plus malheureux. Nous voici au *finale*. J'ai
mes entrées sur le théâtre, j'y vais et je
vous l'amène.

— Non, Salentini, répondit la duchesse.
Je ne comptais point souper ce soir, et, si
vous voulez prolonger la veillée, vous allez
venir prendre du thé avec moi et le marquis.... dont la somnolence opiniâtre nous

laisse le champ libre pour causer. Il me
semble que nous avons beaucoup de choses à nous dire... à propos de Celio Floriani précisément. Celui-ci serait de trop
dans notre entretien, pour moi comme
pour vous.

Elle accompagna ces paroles d'un regard
plein de langueur et de passion et se leva
pour prendre mon bras ; mais j'esquivai
cet honneur en me plaçant derrière son
sigisbée. Cette femme, qui n'aimait les
jeunes talents que dans la prévision du succès, et qui les abandonnait si lestement
quand ils avaient échoué en public, me

devenait odieuse tout d'un coup : elle me faisait l'effet de ces enfants méchants et stupides qui poursuivent le ver luisant dans les herbes, qui le saisissent, le réchauffent et l'admirent tant que le phosphore l'illumine, puis l'écrasent quand le toucher de leur main indiscrète l'a privé de sa lumière. Parfois ils le torturent pour le ranimer, mais le pauvre insecte s'éteint de plus en plus. Alors on le tue : il ne jette plus d'éclat, il ne brille plus, il n'est plus bon à rien. « Pauvre Celio! pensais-je, qu'as-tu fait de ton phosphore? Rentre dans la terre, ou crains qu'on ne marche sur toi... Mais à coup sûr ce n'est pas moi qui profi-

terai du tête-à-tête qu'on t'avait ménagé
pour cette nuit, en cas d'ovation. J'ai encore un peu de phosphore, et je veux le
garder. »

— Eh bien! dit la duchesse d'un ton impérieux, vous ne venez pas ?

— Pardon, madame, répondis-je, je
veux aller saluer mademoiselle Boccaferri
dans sa loge. Elle n'a pas eu plus de succès
ce soir que les autres fois, et elle n'en chan-
tera pas moins bien demain. J'aime beaucoup à porter le tribut de mon admiration
aux talents ignorés ou méconnus qui res-
tent eux-mêmes et se consolent de l'indiffé-

rence de la foule par la sympathie de leurs
amis et la conscience de leur force. Si je
rencontre Celio Floriani, je veux faire connaissance avec lui. Me permettez-vous de
me recommander de votre seigneurie?
Nous sommes tous deux vos protégés.

La duchesse brisa son éventail et sortit
sans me répondre. Je sentis que sa souf-
france me faisait mal; mais c'était le dernier tressaillement de mon cœur pour
elle. Je m'élançai dans les couloirs qui
menaient au théâtre, résolu, en effet, à
porter mon hommage à Cecilia Boccaferri.

III.

CÉCILIA.

III.

Cecilia.

Mais il était écrit au livre de ma destinée
que je retrouverais Celio sur mon chemin.
J'approche de la loge de Cecilia, je frappe,
on vient m'ouvrir : au lieu du visage doux

et mélancolique de la cantatrice, c'est la figure enflammée du débutant qui m'accueille d'un regard méfiant et de cette parole insolente : — Que voulez-vous, monsieur?

— Je croyais frapper chez la signora Boccaferri, répondis-je ; elle a donc changé de loge?

— Non, non, c'est ici! me cria la voix de Cecilia. Entrez, signor Salentini, je suis bien aise de vous voir.

J'entrai, elle quittait son costume derrière un paravent. Celio se rassit sur le

sofa ; sans me rien dire et même sans dai-
gner faire la moindre attention à ma présence, il reprit son discours au point où je
l'avais interrompu. A vrai dire, ce discours
n'était qu'un monologue. Il procédait
même uniquement par exclamations et
malédictions, donnant au diable ce lourd
et stupide parterre d'Allemands, ces bu-
veurs aussi froids que leur bière, aussi in-
colores que leur café. Les loges n'étaient
pas mieux traitées. — Je sais que j'ai mal
chanté et encore plus mal joué, disait-il à
la Boccaferri comme pour répondre à une
objection qu'elle lui aurait faite ayant mon
arrivée; mais soyez donc inspiré devant

trois rangées de sots diplomates et d'af-
freuses douairières! Maudite soit l'idée
qui m'a fait choisir Vienne pour le théâtre
de mes débuts! Nulle part les femmes ne
sont si laides, l'air si épais, la vie si plate
et les hommes si bêtes! En bas, des abrutis
qui vous glacent; en haut, des monstres
qui vous épouvantent! Par tous les diables!
j'ai été à la hauteur de mon public, c'est-à-
dire insipide et détestable!

La naïveté de ce dépit me réconcilia
avec Celio. Je lui dis qu'en qualité d'Italien
et de compatriote, je réclamais contre son
arrêt, que je ne l'avais point écouté froi-

dement, et que j'avais protesté contre la rigueur du public.

A cette ouverture, il leva la tête, me regarda en face, et, venant à moi la main ouverte : « Ah! oui! dit-il, c'est vous qui étiez à l'avant-scène, dans la loge de la duchesse de... Vous m'avez soutenu, je l'ai remarqué ; Cecilia Boccaferri, ma bonne camarade, y a fait attention aussi... Cette haridelle de duchesse, elle aussi m'a abandonné! mais vous luttiez jusqu'au dernier moment. Eh bien! touchez là; je vous remercie. Il paraît que vous êtes artiste aussi, que vous avez du talent, du succès?

C'est bien de vouloir garantir et consoler
ceux qui tombent! cela vous portera bonheur! »

Il parlait si vite, il avait un accent si
résolu, une cordialité si spontanée, que,
bien que choqué de l'expression de corps-
de-garde appliquée à la duchesse, mes ré-
centes amours, je ne pus résister à ses
avances, ni rester froid à l'étreinte de sa
main. J'ai toujours jugé les gens à ce signe.
Une main froide me gêne, une main hu-
mide me répugne, une pression saccadée
m'irrite, une main qui ne prend que du
bout des doigts me fait peur; mais une
main souple et chaude, qui sait presser la

mienne bien fort sans la blesser, et qui ne craint pas de livrer à une main virile le contact de sa paume entière, m'inspire une confiance et même une sympathie subite. Certains observateurs des variétés de l'espèce humaine s'attachent au regard, d'autres à la forme du front, ceux-ci à la qualité de la voix, ceux-là au sourire, d'autres enfin à l'écriture, etc. Moi, je crois que tout l'homme est dans chaque détail de son être, et que toute action ou aspect de cet être est un indice révélateur de sa qualité dominante. Il faudrait donc tout examiner, si on en avait le temps ; mais dès l'abord j'avoue que je suis pris ou repoussé par la première poignée de main.

Je m'assis auprès de Celio, et tâchai de le consoler de son échec en lui parlant de ses moyens et des parties incontestables de son talent. « Ne me flattez pas, ne m'é- pargnez pas, s'écria-t-il avec franchise. J'ai été mauvais, j'ai mérité de faire naufrage ; mais ne me jugez pas, je vous en supplie, sur ce misérable début. Je vaux mieux que cela. Seulement je ne suis pas assez vieux pour être bon à froid. Il me faut un audi- toire qui me porte, et j'en ai trouvé un ce soir qui, dès le commencement, n'a fait que me supporter. J'ai été froissé et contra-

rié avant l'épreuve, au point d'entrer en
scène épuisé et frappé d'un sombre pres-
sentiment. La colère est bonne quelquefois, mais il la faut simultanée à l'opéra-
tion de la volonté. La mienne n'était pas
encore assez refroidie, et elle n'était plus
assez chaude : j'ai succombé. O ma pauvre mère! si tu avais été là, tu m'aurais
électrisé par ta présence, et je n'aurais pas
été indigne de la gloire de porter ton nom !
Dors bien sous tes cyprès, chère sainte !
Dans l'état où me voici, c'est la première
fois que je me réjouis de ce que tes yeux
sont fermés pour moi !

Une grosse larme coula sur la joue ar-

dente du beau Celio. Sa sincérité, ce retour enthousiaste vers sa mère, son expansion devant moi, effaçaient le mauvais
effet de son attitude sur la scène. Je me
sentis attendri, je sentis que je l'aimais.
Puis, en voyant de près combien sa beauté
était *vraie*, son accent pénétrant et son
regard sympathique, je pardonnai à la
duchesse de l'avoir aimé deux jours ; je ne
lui pardonnai pas de ne plus l'aimer.

Il me restait à savoir s'il était aimé
aussi de Cecilia Boccaferri. Elle sortit de
sa toilette et vint s'asseoir entre nous
deux, nous prit la main à l'un et à l'autre,

et, s'adressant à moi : — C'est la première fois que je vous serre la main, dit-elle, mais c'est de bon cœur. Vous venez consoler mon pauvre Celio, mon ami d'enfance, le fils de ma bienfaitrice, et c'est presque une sœur qui vous en remercie. Au reste, je trouve cela tout simple de votre part; je sais que vous êtes un noble esprit, et que les vrais talents ont la bonté et la franchise en partage... Écoute, Celio, ajouta-t-elle, comme frappée d'une idée soudaine, va quitter ton costume dans ta loge, il est temps : moi j'ai quelques mots à dire à M. Salentini. Tu reviendras me prendre, et nous partirons ensemble.

Celio sortit sans hésiter et d'un air de
confiance absolue. Était-il sûr à ce point
de la fidélité de sa maîtresse?... ou bien
n'était-il pas l'amant de Cecilia? Et pourquoi l'aurait-il été? pourquoi en avais-je
la pensée, lorsque ni elle ni lui ne l'avaient
peut-être jamais eue?

Tout cela s'agitait confusément et rapidement dans ma tête. Je tenais toujours
la main de Cecilia dans la mienne, je l'y
avais gardée; elle ne paraissait pas le
trouver mauvais. J'interrogeais les fibres
mystérieuses de cette petite main, assez
ferme, légèrement attiédie et particulière-

ment calme, tout en plongeant dans les yeux noirs, grands et graves de la cantatrice ; mais l'œil et la main d'une femme ne se pénètrent pas si aisément que ceux d'un homme. Ma science d'observation et ma délicatesse de perceptions m'ont souvent trahi ou éclairé selon le sexe.

Par un mouvement très naturel pour relever son châle, la Boccaferri me retira sa main dès que nous fûmes seuls, mais sans détourner son regard du mien.

— Monsieur Salentini, dit-elle, vous faites la cour à la duchesse de X... et vous

avez été jaloux de Celio; mais vous ne l'êtes
plus, n'est-ce pas? vous sentez bien que
vous n'avez pas sujet de l'être.

— Je ne suis pas du tout certain que je
n'eusse pas sujet d'être jaloux de Celio,
si je faisais la cour à la duchesse, répondis-je en me rapprochant un peu de la
Boccaferri; mais je puis vous jurer que je
ne suis pas jaloux, parce que je n'aime pas
cette femme.

Cecilia baissa les yeux, mais avec une
expression de dignité et non de trouble. — Je ne vous demande pas vos se-

crets, dit-elle, je n'ai pas cette indiscrétion.
Rien là-dedans ne peut exciter ma curio-
riosité; mais je vous parle franchement.
Je donnerais ma vie pour Celio; je sais
que certaines femmes du monde sont très
dangereuses. Je l'ai vu avec peine aller
chez quelques-unes, j'ai prévu que sa
beauté lui serait funeste, et peut-être son
malheur d'aujourd'hui est-il le résultat de
quelques intrigues de coquettes, de quelques jalousies fomentées à dessein... Vous
connaissez le monde mieux que moi; mais
j'y vais quelquefois chanter, et j'observe
sans en avoir l'air. Eh bien! j'ai vu ce soir
Celio *chuté* par des gens qui lui promettaient

chaudement hier de l'applaudir, et j'ai
cru comprendre certains petits drames
dans les loges qui nous avoisinaient. J'ai
remarqué aussi votre générosité, j'en ai
été vivement touchée. Celio, depuis le peu
de temps qu'il est à Vienne, s'est déjà fait
des ennemis. Je ne suis pas en position de
l'en préserver; mais, lorsque l'occasion
se présente pour moi de lui assurer et
de lui conserver une noble amitié, je
ne veux pas la négliger. Celio n'a point
aspiré à plaire à la duchesse, voilà tout ce
que j'avais à vous dire, signor Salentini, et
ce que je puis vous affirmer sur l'honneur,
car Celio n'a point de secrets pour moi, et

je l'ai interrogé sur ce point-là, il n'y a
qu'un instant, comme vous entriez ici.

Chacun sait plus ou moins la figure que
tâche de ne pas faire un homme qui trouve
occupée la place qu'il venait pour conqué-
rir. Je fis de mon mieux pour que mon dé-
sappointement ne parût pas. — Bonne Cecilia, répondis-je, je vous déclare que cela
me serait parfaitement égal, et je permets
à Celio d'être aujourd'hui ou de ne jamais
être l'amant de la duchesse, sans que cela
change rien à ma sympathie pour lui, à
mon impartialité comme *dilettante*, à mon
zèle comme ami. Oui, je serai son ami de

bon cœur, puisqu'il est le vôtre, car vous êtes une des personnes que j'estime le plus. Vous l'avez compris, vous, puisque vous venez de me livrer sans détour le secret de votre cœur, et je vous en remercie.

— Le secret de mon cœur! dit la Boccaferrri d'un ton de sincérité qui me pétrifia. Quel secret?

— Êtes-vous donc distraite à ce point que vous m'ayez dit, sans le savoir, votre amour pour Celio, ou que vous l'ayez déjà oublié?

La Boccaferri se mit à rire. C'était

la première fois que je la voyais rire, et le rire est aussi un indice à étudier. Sa figure grave et réservée ne semblait pas faite pour la gaieté, et pourtant cet éclair d'enjouement l'éclaira d'une beauté que je ne lui connaissais pas. C'était le rire franc, bref et harmonieusement rhythmé d'une petite fille épanouie et bonne. — Oui, oui, dit-elle, il faut que je sois bien distraite pour m'être exprimée comme je l'ai fait sur le compte de Celio, sans songer que vous alliez prendre le change et me supposer amoureuse de lui... mais qu'importe? Il y aurait de la pédanterie de ma part à m'en défendre, lorsque cela doit vous paraître très naturel et très indifférent.

— Très naturel... c'est possible... Très indifférent... c'est possible encore ; mais je vous prie cependant de vous expliquer. — Et je pris le bras de Cecilia avec une brusquerie involontaire dont je me repentis tout à coup, car elle me regarda d'un air étonné, comme si je venais de la préserver d'une brûlure ou d'une araignée. Je me calmai aussitôt et j'ajoutai : — Je tiens à savoir si je suis assez votre ami pour que vous m'ayez confié votre secret, ou si je le suis assez peu pour qu'il vous soit indifférent, à vous, de n'être pas connue de moi.

— Ni l'un ni l'autre, répondit-elle. Si j'avais un tel secret, j'avoue que je ne vous le confierais pas sans vous connaître et vous éprouver davantage; mais, n'ayant point de secret, j'aime mieux que vous me connaissiez telle que je suis. Je vais vous expliquer mon dévouement pour Celio, et d'abord je dois vous dire que Celio a deux sœurs et un jeune frère pour lesquels je me dévouerais encore davantage, parce qu'ils pourraient avoir plus besoin que lui des services et de la sollicitude d'une femme. Oh! oui, si j'avais un sort indépendant, je voudrais consacrer ma vie à remplacer la Floriani auprès de ses enfants, car l'être que j'aime de passion et d'enthousiasme, c'est un nom, c'est une morte, c'est un souvenir sacré, c'est la grande et bonne Lucrezia Floriani !

Je pensai malgré moi à la duchesse, qui, une heure auparavant, avait motivé son engouement pour Celio par une ancienne relation d'amitié avec sa mère. La duchesse avait trente ans comme la Boccaferri. La Floriani était morte à quarante, absolument retirée du théâtre et du monde depuis douze ou quatorze ans... Ces deux femmes l'avaient-elles beaucoup connue ? Je ne sais pourquoi cela me paraissait invraisemblable. Je craignais que le nom de Floriani ne servît mieux à Celio auprès des femmes qu'auprès du public.

Je ne sais si mon doute se peignit sur mes traits, ou si Cecilia alla naturellement au-devant de mes objections, car elle ajouta sans transition : — Et pourtant je ne l'ai vue, dans toute ma vie, que cinq ou six fois, et notre plus longue intimité a été de quinze jours, lorsque j'étais encore une enfant.

Elle fit une pause ; je ne rompis point le silence : je l'observais. Il y avait comme un embarras douloureux en elle ; mais elle reprit bientôt : « Je souffre un peu de vous dire pourquoi mon cœur a voué un culte à cette femme, mais je présume que je n'ai rien de neuf à vous apprendre là-dessus. Mon père... vous savez, est un homme excellent, une âme ardente, généreuse, une intelligence supérieure... ou plutôt vous ne savez guère cela ; ce que vous savez comme tout le monde, c'est qu'il a toujours vécu dans le désordre, dans l'incurie, dans la misère. Il était trop aimable pour n'avoir pas beaucoup d'amis ; il en faisait tous les jours, parce qu'il plaisait, mais il n'en conserva jamais aucun, parce qu'il

était incorrigible, et que leurs secours ne
pouvaient le guérir de son imprévoyance
et de ses illusions. Lui et moi nous devons
de la reconnaissance à tant de gens, que la
liste serait trop longue ; mais une seule
personne a droit, de notre part, à une
éternelle adoration. Seule entre tous, seule
au monde, la Floriani ne se rebuta pas de
nous sauver tous les ans... quelquefois plus
souvent. Inépuisable en patience, en tolérance, en compréhension, en largesse,
elle ne méprisa jamais mon père, elle ne
l'humilia jamais de sa pitié ni de ses re-
proches. Jamais ce mot amer et cruel ne
sortit de ses lèvres : « Ce pauvre homme

avait du mérite ; la misère l'a dégradé. »
Non ! la Floriani disait : « Jacopo Boccaferri aura beau faire, il sera toujours un
homme de cœur et de génie ! Et c'était
vrai ; mais, pour comprendre cela, il fallait
être la pauvre fille de Boccaferri ou la
grand artiste Lucrezia.

Pendant vingt ans, c'est-à-dire depuis le
jour où elle le rencontra jusqu'à celui où
elle cessa de vivre, elle le traita comme un
ami dont on ne doute point. Elle était bien
sûre, au fond du cœur, que ses bienfaits
ne l'enrichiraient pas, et que chaque dette
criante qu'elle acquittait ferait naître d'au-

tres dettes semblables. Elle continua ; elle
ne s'arrêta jamais. Mon père n'avait qu'un
mot à lui écrire, l'argent arrivait à point,
et avec l'argent la consolation, le bienfait
de l'âme, quelques lignes si belles, si
si bonnes ! Je les ai tous conservés
comme des reliques, ces précieux billets.
Le dernier disait :

« Courage, mon ami, *cette fois-ci* la des-
« tinée vous sourira, et vos efforts ne se-
« ront pas vains, j'en suis sûre. Embras-
« sez pour moi la Cecilia, et comptez tou-
« jours sur votre vieille amie. »

« Voyez quelle délicatesse et quelle

science de la vie! C'était bien la centième
fois qu'elle lui parlait ainsi. Elle l'encoura-
geait toujours, et, grâce à elle, il entre-
prenait toujours quelque chose. Cela ne
durait point et creusait de nouveaux abî-
mes; mais sans cela il serait mort sur un
fumier, et il vit encore, il peut encore se
sauver... Oui, oui, la Floriani m'a légué
son courage... Sans elle, j'aurais peut-être
moi-même douté de mon père; mais j'ai
toujours foi en lui, grâce à elle! Il est
vieux, mais il n'est pas fini. Son intelligence et sa fierté n'ont rien perdu de leur
énergie. Je ne puis le rendre riche comme
il le faudrait à un homme d'une imagina-

tion si féconde et si ardente ; mais je puis le préserver de la misère et de l'abatte-ment. Je ne le laisserai pas tomber ; je suis forte ! »

La Boccaferri parlait avec un feu extraor-dinaire, quoique ce feu fût encore contenu par une habitude de dignité calme.

Elle se transformait à mes yeux, ou plu-tôt elle me révélait ces trésors de l'âme que j'avais toujours pressentis en elle. Je pris sa main très franchement cette fois, et je la baisai sans arrière-pensée.

— Vous êtes une noble créature, lui

dis-je, je le savais bien, et je suis fier de l'effort que vous daignez faire pour m'avouer cette grandeur que vous cachez aux yeux du monde, comme les autres cachent la honte de leur petitesse. Parlez, parlez encore ; vous ne pouvez pas savoir le bien que vous me faites, à moi qui suis né pour croire et pour aimer, mais que le monde extérieur contriste et alarme perpétuellement.

— Mais je n'ai plus rien à vous dire, mon ami. La Floriani n'est plus, mais elle est toujours vivante dans mon cœur. Son fils aîné commence la vie et tâte le terrain

de la destinée d'un pied hasardeux, téméraire peut-être. Est-ce à moi de douter de
lui? Ah! qu'il soit ambitieux, imprudent,
impuissant même dans les arts, qu'il se
trompe mille fois, qu'il devienne coupable
envers lui-même, je veux l'aimer et le servir
comme si j'étais sa mère. Je puis bien peu
de chose, je ne suis presque rien ; mais ce
que je peux, ce que je suis, j'en voudrais
faire le marchepied de sa gloire, puisque
c'est dans la gloire qu'il cherche son bonheur. Vous voyez bien, Salentini, que je
n'ai pas ici l'amour en tête. J'ai l'esprit et
le cœur forcément sérieux, et je n'ai pas de
temps à perdre, ni de puissance à dépen-

ser pour la satisfaction de mes fantaisies personnelles.

— Oh! oui, je vous comprends, m'é-criai-je, une vie toute d'abnégation et de dévouement! Si vous êtes au théâtre, ce n'est point pour vous. Vous n'aimez pas le théâtre, vous! cela se voit, vous n'aspirez pas au succès. Vous dédaignez la gloriole; vous travaillez pour les autres.

— Je travaille pour mon père, reprit-elle, et c'est encore grâce à la Floriani que je peux travailler ainsi. Sans elle, je serais restée ce que j'étais, une pauvre petite ouvrière à la journée, gagnant à peine un morceau de pain pour empêcher son père de mendier dans les mauvais jours. Elle m'entendit une fois par hasard, et trouva ma voix agréable. Elle me dit que je pouvais chanter dans les salons, même au théâtre, les seconds rôles. Elle me donna un professeur excellent; je fis de mon mieux. Je n'étais déjà plus jeune, j'avais vingt-six ans, et j'avais déjà beaucoup souffert; mais je n'aspirais point au premier rang, et cela fit que je parvins rapidement à pouvoir occuper le second. J'avais l'horreur du théâtre. Mon père y travaillant comme acteur, comme décorateur, comme souffleur même (il y a rempli tous les emplois, selon les jeux du hasard et de la fortune), je connaissais de bonne heure cette sentine d'impuretés où nulle fille ne peut se préserver de souillure, à moins d'être une martyre volontaire. J'hésitai longtemps; je donnais des leçons, je chantais dans les concerts; mais il n'y avait là rien d'assuré. Je manque d'audace, je n'entends rien à l'intrigue. Ma clientelle, fort bornée et fort modeste, m'échappait à tout moment. La Floriani mourut presque subitement. Je sentis que mon père n'avait plus que moi pour appui. Je franchis le pas, je surmontai mon aversion pour ce contact

avec le public, qui viole la pureté de l'âme
et flétrit le sanctuaire de la pensée. Je suis
actrice depuis trois ans, je le serai tant
qu'il plaira à Dieu. Ce que je souffre de
cette contrainte de tous mes goûts, de cette
violation de tous mes instincts, je ne le dis
à personne. A quoi bon se plaindre? chacun n'a-t-il pas son fardeau? J'ai la force
de porter le mien : je fais mon métier en
conscience. J'aime l'art, je mentirais si je
n'avouais pas que je l'aime de passion ;
mais j'aurais aimé à cultiver le mien dans
des conditions toutes différentes. J'étais
née pour tenir l'orgue dans un couvent de
nonnes et pour chanter la prière du soir

aux échos profonds et mystérieux d'un cloître. Qu'importe? ne parlons plus de moi, c'est trop !

La Boccaferri essuya rapidement une larme furtive et me tendit la main en souriant. Je me sentis hors de moi. Mon heure était venue : j'aimais !

IV.

Flanerie.

IV.

Flanerie.

Elle s'était levée pour partir ; elle ramenait son châle sur ses épaules. Elle était mal mise, affreusement mise, comme une actrice pauvre et fatiguée, qui s'est débarrassée à la hâte de son costume et qui s'en-

veloppe avec joie d'une robe de chambre
chaude et ample pour s'en aller à pied par
les rues. Elle avait un voile noir très fané
sur la tête et de gros souliers aux pieds,
parce que le temps était à la pluie. Elle
cachait ses jolies mains (je me rappelle ce
détail exactement) dans de vilains gants
tricotés. Elle était très pâle, même un peu
jaune, comme j'ai remarqué depuis qu'elle
le devenait quand on la forçait à remuer
la cendre qui couvrait le feu de son âme.
Probablement elle eût été moins belle que
laide pour tout autre que moi en ce moment-là.

Eh bien! je la trouvai, pour la première

fois de ma vie, la plus belle femme que

j'eusse encore contemplée. Et elle l'était

en effet, j'en suis certain. Ce mélange de

désespoir et de volonté, de dégoût et de

courage, cette abnégation complète dans

une nature si énergique et par conséquent

si capable de goûter la vie avec plénitude,

cette flamme profonde, cette mémoire en-

dolorie, voilées par un sourire de douceur

naïve, la faisaient resplendir à mes yeux

d'un éclat singulier. Elle était devant moi

comme la douce lumière d'une petite

lampe qu'on viendrait d'allumer dans une

vaste église. D'abord, ce n'est qu'une étin-

celle dans les ténèbres, et puis la flamme

s'alimente, la clarté s'épure, l'œil s'habitue
et comprend, tous les objets s'illuminent
peu à peu. Chaque détail se révèle sans que
l'ensemble perde rien de sa lucidité trans-
parente et son austérité mélancolique. Au
premier moment, on n'eût pu marcher
sans se heurter dans ce crépuscule, et puis
voilà qu'on peut lire à cette lampe du
sanctuaire et que les images du temple
se colorent et flottent devant vous comme
des êtres vivants. La vue augmente à chaque seconde comme un sens nouveau, per-
fectionné, satisfait, idéalisé, par ce suave
aliment d'une lumière pure, égale et se-
reine.

Cette métaphore, longue à dire, me vint rapide et complète dans la pensée. Comme un peintre que je suis, je vis le symbole avec les yeux de l'imagination en même temps que je regardais la femme avec les yeux du sentiment. Je m'élançai vers elle, je l'entourai de mes bras, en m'écriant follement : « *Fiat lux !* aimons-nous, et la lumière sera. »

Mais elle ne me comprit pas, ou plutôt elle n'entendit pas mes sottes paroles. Elle écoutait un bruit de voix dans la loge voisine. « Ah, mon Dieu ! me dit-elle, voici mon père qui se querelle avec Celio ! allons vite les distraire. Mon père sort du café. Il est très animé à cette heure-ci, et Celio n'est guère disposé à entendre une théorie sur le néant de la gloire. Venez, mon ami ! »

Elle s'empara de mon bras, et courut à la loge de Celio. Il devait se passer bien du temps avant que l'occasion de lui dire mon amour se retrouvât.

Le vieux Boccaferri était fort débraillé et à moitié ivre, ce qui lui arrivait toujours quand il ne l'était pas tout-à-fait. Celio, tout en se lavant la figure avec de la

pâte de concombres, frappait du pied avec
fureur.

— Oui, disait Boccaferri, je te le répé-
terai quand même tu devrais m'étrangler.
C'est ta faute ; tu as été *mauvais, archi-mau-
vais !* Je te savais bien *mauvais*, mais je ne te
croyais pas encore capable d'être aussi *mauvais* que tu l'as été ce soir !

— Est-ce que ne le sais pas que j'ai été
mauvais, mauvais ivrogne que vous êtes ?
s'écria Celio en roulant sa serviette con-
vulsivement pour la lancer à la figure du
vieillard ; mais, en voyant paraître Cecilia,

il atténua ce mouvement dramatique, et la serviette vint tomber à nos pieds. — Cecilia, reprit-il, délivre-moi de ton fléau de père ; ce vieux fou m'apporte le coup de pied de l'âne. Qu'il me laisse tranquille, ou je le jette par la fenêtre !

Cette violence de Celio sentait si fort le cabotin, que j'en fus révolté ; mais la paisible Cecilia n'en parut ni surprise ni émue. Comme une salamandre habituée à traverser le feu, comme un nautonier familiarisé avec la tempête, elle se glissa entre les deux antagonistes, prit leurs mains et les força à se joindre en disant : — Et pourtant vous vous aimez! Si mon père est fou ce soir, c'est de chagrin ; si Celio est méchant, c'est qu'il est malheureux, mais il sait bien que c'est son malheur qui fait déraisonner son vieil ami.

Boccaferri se jeta au cou de Celio, et, le pressant dans ses bras, « le ciel m'est témoin, s'écria-t-il, que je t'aime presque autant que ma propre fille ! » Et il se mit à pleurer. Ces larmes venaient à la fois du cœur et de la bouteille. Celio haussa les épaules tout en l'embrassant.

— C'est que, vois-tu, reprit le vieillard,

toi, ta mère, tes sœurs, ton jeune frère...
je voudrais vous placer dans le ciel, avec une
auréole, une couronne d'éclairs au front,
comme des dieux !... Et voilà que tu fais un
fiasco orribile pour ne m'avoir pas consulté !

Il déraisonna pendant quelques minutes,
puis ses idées s'éclaircirent en parlant. Il
dit d'excellentes choses sur l'amour de
l'art, sur la personnalité mal entendue qui
nuit à celle du talent. Il appelait cela la *personnalité de la personne.* Il s'exprima d'abord
en termes heurtés, bizarres, obscurs; mais,
à mesure qu'il parlait, l'ivresse se dissipait :
il devenait extraordinairement lucide. il

trouvait même des formes agréables pour faire accepter sa critique au récalcitrant Celio. Il lui dit à peu près les mêmes choses, quant au fond, que j'avais dites à la duchesse ; mais il les dit autrement et mieux. Je vis qu'il pensait comme moi, ou plutôt que je pensais comme lui, et qu'il résumait devant moi ma propre pensée. Je n'avais jamais voulu faire attention aux paroles de ce vieillard, dont le désordre me répugnait. Je m'aperçus ce soir-là qu'il avait de l'intelligence, de la finesse, une grande science de la philosophie de l'art, et que par moments il trouvait des mots qu'un homme de génie n'eût pas désavoués.

Celio l'écoutait l'oreille basse, se défen-
dant mal, et montrant, avec la naïveté généreuse qui lui était propre, qu'il était
convaincu en dépit de lui-même. L'heure
s'écoulait, on éteignait jusque dans les
couloirs, et les portes du théâtre allaient
se fermer. Boccaferri était partout chez
lui. Avec cette admirable insouciance qui
est une grâce d'état pour les débauchés, il
eût couché sur les planches ou bavardé jusqu'au jour sans s'aviser de la fatigue d'autrui plus que de la sienne propre. Cecilia
le prit par le bras pour l'emmener, nous
dit adieu dans la rue, et je me trouvai
seul avec Celio, qui, se sentant trop agité

pour dormir, voulut me reconduire jusqu'à mon domicile.

— Quand je pense, me disait-il, que je suis invité à souper ce soir dans dix maisons, et qu'à l'heure qu'il est, toutes mes connaissances sont censées me chercher pour me consoler ! Mais personne ne s'impatiente après moi, personne ne regrettera mon absence, et je n'ai pas un ami qui m'ait bien cherché, car j'étais dans la loge de Cecilia, et, en ne me trouvant pas dans la mienne, on n'essayait pas de savoir si j'étais de l'autre côté de la cloison. A travers cette cloison maudite, j'ai entendu des mots qui devront me faire réfléchir. « Il est déjà parti ! Il est donc désespéré ? — Pauvre diable ! — Ma foi ! je m'en vais. — Je lui laisse ma carte. — J'aime autant l'avoir manqué ce soir, etc. » C'est ainsi que mes bons et fidèles amis se parlaient l'un à l'autre. Et je me tenais coi, enchanté de les entendre partir. Et votre duchesse ! qui devait m'envoyer prendre par son sigisbée avec sa voiture ? Je n'ai pas eu la peine de refuser son thé. *Vous en tenez* pour cette duchesse, vous ? Vous avez grand tort ; c'est une dévergondée. Attendez d'avoir un *fiasco* dans votre art, et vous m'en direz des nouvelles. Au reste, celle-là ne m'a pas trompé. Dès le premier jour, j'ai vu qu'elle faisait passer son monde sous la toise, et que, pour avoir les grandes entrées chez elle, il fallait avoir son brevet de *grand homme* à la main.

— Je ne sais, répondis-je, si c'est le dépit ou l'habitude qui vous rend cynique, Celio ; mais vous l'êtes, et c'est une tache en vous. A quoi bon un langage si acerbe ? Je ne voudrais pas qualifier de dévergondée une femme dont j'aurais à me plaindre. Or, comme je n'ai pas ce droit-là, et que ne suis pas amoureux de la duchesse le moins du monde, je vous prie d'en parler

froidement et poliment devant moi ; vous
me ferez plaisir, et je vous estimerai davantage.

Écoutez, Salentini, reprit vivement Celio, vous êtes prudent, et vous louvoyez à
travers le monde comme tant d'autres. Je
ne crois pas que vous ayez raison ; du
moins ce n'est pas mon système. Il faut
être franc pour être fort, et moi, je veux
exercer ma force à tout prix. Si vous n'êtes
pas l'amant de la duchesse, c'est que vous
ne l'avez pas voulu, car, pour mon compte,
je sais que je l'aurais été, si cela eût été
mon goût. Je sais ce qu'elle m'a dit de vous

au premier mot de galanterie que je lui ai
adressé (et je le faisais par manière d'a-
musement, par curiosité pure, je vous l'at-
teste) : je regardais une jolie esquisse que
vous avez faite d'après elle et qu'elle a mise,
richement encadrée, dans son boudoir. Je
trouvais le portrait flatté et je le lui disais,
sans qu'elle s'en doutât, en insinuant que
cette noble interprétation de sa beauté ne
pouvait avoir été trouvée que par l'a-
mour. « Parlez plus bas, me répondit-elle
d'un air de mystère. J'ai bien du mal à
tenir cet homme-là en bride. » On sonna
au même instant. « Ah! mon Dieu!
dit-elle, c'est peut-être lui qui force ma

porte; sortons d'ici. Je ne veux pas vous faire un ennemi, à la veille de débuter. — Oui, oui, répondis-je ironiquement; vous êtes si bonne pour moi, que vous le rendriez heureux rien que pour me préserver de sa haine. «Elle crut que c'était une déclaration, et, m'arrêtant sur le seuil de son boudoir : « Que dites-vous là? s'écria-t-elle; si vous ne craignez rien pour vous, je ne crains pour moi que l'ennui qu'il me cause. Qu'il vienne, qu'il se fâche, restons! » C'était charmant, n'est-ce pas, monsieur Salentini? mais je ne restai point. J'attendais cette belle dame à l'épreuve de mon succès ou de ma chute. Si vous voulez venir avec moi chez elle, nous rirons. Tenez, voulez-vous ?

— Non, Celio ; ce n'est pas avec les femmes que je veux faire de la force ; les coquettes surtout n'en valent pas la peine. L'ironie du dépit les flatte plus qu'elle ne les mortifie. Ma vengeance, si vengeance il y a, c'est la plus grande sérénité d'âme dans ma conduite avec celle-ci désormais.

— Allons, vous êtes meilleur que moi. Il est vrai que vous n'avez pas été *chuté ce* soir, ce qui est fort malsain, je vous jure,

et crispe les nerfs horriblement ; mais il me
semble que vous êtes un calmant pour
moi. Ne trouvez pas le mot blessant : un
esprit qui nous calme est souvent un esprit
qui nous domine, et il se peut que le calme
soit la plus grande des forces de la nature.

— C'est celle qui produit, lui dis-je.
L'agitation, c'est l'orage qui dérange et
bouleverse.

— Comme vous voudrez, reprit-il ; il y
a temps pour tout, et chaque chose a son
usage. Peut-être que l'union de deux na-

tures aussi opposées que la vôtre et la mienne ferait une force complète. Je veux devenir votre ami, je sens que j'ai besoin de vous, car vous saurez que je suis égoïste et que je ne commence rien sans me demander ce qui m'en reviendra ; mais c'est dans l'ordre intellectuel et moral que je cherche mes profits. Dans les choses matérielles, je suis presque aussi prodigue et insouciant que le vieux Boccaferri, lequel serait le premier des hommes, si le genre humain n'était pas la dernière des races. Tenez, il a raison, ce Boccaferri, et j'avais tort de ne pas vouloir supporter son insolence tout à l'heure. Il m'a dit la vérité. J'ai perdu la partie parce que j'étais au-dessous de moi-même. Là-dessus, j'étais d'accord avec lui ; mais j'ai été au-dessous de mon propre talent, et j'ai manqué d'inspiration parce que jusqu'ici j'ai fait fausse route. Un talent sain et dispos est toujours prêt pour l'inspiration. Le mien est malade, et il faut que je le remette au régime. Voilà pourquoi je suivrai son conseil et n'écouterai pas celui que votre politesse me donnait. Je ne tenterai pas une seconde épreuve avant de m'être retrempé. Il faut que je sois à l'abri de ces défaillances soudaines, et pour cela je dois envisager autrement la philosophie de mon art. Il faut que je

revienne aux leçons de ma mère, que je
n'ai pas voulu suivre, mais que je garde
écrites en caractères sacrés dans mon souvenir. Ce soir, le vieux Boccaferri a parlé
comme elle, et la paisible Cecilia... cette
froide artiste qui n'a jamais ni blâme ni
éloge pour ce qui l'entoure, oui, oui, la
vieille Cecilia a glissé, comme point d'orgue
aux théories de son père, deux ou trois
mots qui m'ont fait une grande impression, bien que je n'aie pas eu l'air de les
entendre.

— Pourquoi l'appelez-vous la *vieille* Cecilia, mon cher Celio? Elle n'a que

bien peu d'années de plus que vous et
moi.

— Oh! c'est une manière de dire, une
habitude d'enfance, un terme d'amitié,
si vous voulez. Je l'appelle *mon vieux fer*.
C'est un sobriquet tiré de son nom, et qui
ne la fàche pas. Elle a toujours été en
avant de son âge, triste, raisonnable et
prudente. Quand j'étais enfant, j'ai joué
quelquefois avec elle dans les grands cor-
ridors des vieux palais; elle me cédait
toujours, ce qui me la faisait croire aussi
vieille que ma bonne, quoiqu'elle fût alors
une jolie fille. Nous ne nous sommes bien

connus et rencontrés souvent que depuis
la mort de ma mère, c'est-à-dire depuis
qu'elle est au théâtre et que je suis sorti
du nid où j'ai été couvé si longtemps et
avec tant d'amour. J'ai déjà pas mal couru
le monde depuis deux ans. J'étais arriéré
en fait d'expérience; j'étais avide d'en ac-
quérir, et je me suis dénoué vite. Le fu-
rieux besoin que j'avais de vivre par moi-
même m'a étourdi d'abord sur ma douleur, car j'avais une mère telle qu'aucun
homme n'en a eu une semblable. Elle me
portait encore dans son cœur, dans son
esprit, dans ses bras, sans s'apercevoir que
j'avais vingt-deux ans, et moi je ne m'en

apercevais pas non plus, tant je me trouvais bien ainsi; mais elle partie pour le ciel, j'ai voulu courir, bâtir, posséder sur la terre. Déjà je suis fatigué, et j'ai encore les mains vides. C'est maintenant que je sens réellement que ma mère me manque; c'est maintenant que je la pleure, que je crie après elle dans la solitude de mes pensées... Eh bien! dans cette solitude effrayante toujours, navrante parfois, pour un homme habitué à l'amour exclusif et passionné d'une mère, il y a un être qui me fait encore un peu de bien et auprès duquel je respire de toute la longueur de mon haleine, c'est la Boccaferri. Voyez-

vous, Salentini, je vais vous dire une
chose qui vous étonnera ; mais pesez-la,
et vous la comprendrez : je n'aime pas les
femmes, je les déteste, et je suis affreusement méchant avec elles. J'en excepte une
seule, la Boccaferri, parce que, seule, elle
ressemble par certains côtés à ma mère,
à la femme qui est cause de mon aversion pour toutes les autres ; comprenez-
vous cela ?

— Parfaitement, Celio. Votre mère ne
vivait que pour vous, et vous vous étiez
habitué à la société d'une femme qui vous
aimait plus qu'elle-même... Ah ! vous ne

savez pas à qui vous parlez, Celio, et
quelles souffrances tout opposées ce nom
de mère réveille dans mon cœur! Plus
mon enfance a différé de la vôtre, mieux
je vous comprends, ô enfant gâté, insolent
et beau comme le bonheur! Aussi tant qu'a
duré votre virginale inexpérience, vous
avez cru que la femme était l'idéal du
dévouement, que l'amour de la femme
était le bien suprême pour l'homme;
enfin, qu'une femme ne servait qu'à nous
servir, à nous adorer, à nous garantir,
à écarter de nous le danger, le mal, la
peine, le souci, et jusqu'à l'ennui, n'est-ce
pas?

— Oui, oui, c'est cela, s'écria Celio en
s'arrêtant et en regardant le ciel. L'amour
d'une femme, c'était, dans mon attente,
la lumière splendide et palpitante d'une
étoile qui ne défaille et ne pâlit jamais.
Ma mère m'aimait comme un astre verse
le feu qui féconde. Auprès d'elle, j'étais
une plante vivace, une fleur aussi pure que
la rosée dont elle me nourrissait. Je n'avais
pas une mauvaise pensée, pas un doute,
pas un désir. Je ne me donnais pas la peine
de vivre par moi-même dans les moments
où la vie eût pu me fatiguer. Elle souffrait
pourtant ; elle mourait, rongée par un
chagrin secret, et moi, misérable, je ne le

voyais pas. Si je l'interrogeais à cet égard,
je me laissais rassurer par ses réponses ; je
croyais à son divin sourire... Je la tenais
un matin inanimée dans mes bras ; je la
rapportais dans sa maison, la croyant
évanouie... Elle était morte, morte ! et
j'embrassais son cadavre...

Celio s'assit sur le parapet d'un pont
que nous traversions en ce moment-là. Un
cri de désespoir et de terreur s'échappa de
sa poitrine, comme si une apparition eût
passé devant lui. Je vis bien que ce pauvre
enfant ne savait pas souffrir. Je craignis
que ce souvenir réveillé et envenimé par

son récent désastre ne devînt trop violent pour ses nerfs ; je le pris par le bras, je l'emmenai.

— Vous comprenez, me dit-il en reprenant le fil de ses idées, comment et pourquoi je suis égoïste ; je ne pouvais pas être autrement, et vous comprenez aussi pourquoi je suis devenu haineux et colère aussitôt qu'en cherchant l'amour et l'amitié dans le commerce de mes semblables, je me suis heurté et brisé contre des égoïsmes pareils au mien. Les femmes que j'ai rencontrées (et je commence à croire que toutes sont ainsi) n'aiment qu'elles-mêmes, ou, si elles nous aiment un peu, c'est par rapport à elles, à cause de la satisfaction que nous donnons à leurs appétits de vanité ou de libertinage. Que nous ne leur soyons plus bons à rien, elles nous brisent et nous marchent sur la figure, et vous voudriez que j'eusse du respect pour ces créatures ambitieuses ou sensuelles, qui remarquent que je suis beau et que je pourrais bien avoir de l'avenir! Oh! ma mère m'eût aimé bossu et idiot! mais les autres!... Essayez, essayez d'y croire, Salentini, et vous verrez!

— Mon cher Celio, vous avez raison en

général ; mais, en faveur des exceptions
possibles, vous ne devriez pas tant vous
hâter de tout maudire. Moi qui n'ai
jamais été gâté, et qui n'ai encore été
aimé de personne, j'espère encore, j'at-
tends toujours.

— Vous n'avez jamais été aimé de personne ?... Vous n'avez pas eu de mère ?...
ou la vôtre ne valait pas mieux que vos
maîtresses ? Pauvre garçon ! En ce cas,
vous avez toujours été seule avec vous-
même, et il n'y a point de plus terrible
tête-à-tête. Ah ! je voudrais être aimant,
Salentini, je vous aimerais, car ce doit être

un grand bonheur que de pouvoir faire le
bonheur d'un autre !

— Étrange cœur que vous êtes, Celio !
Je ne vous comprends pas encore, mais je
veux vous connaître, car il me semble
qu'en dépit de vos contradictions et de
votre inconséquence, en dépit de votre
prétention à la haine, à l'égoïsme, à la
dureté, il y a en vous quelque chose de
l'âme qui vous a versé ses trésors.

— Quelque chose de ma mère ? je ne le
crois pas. Elle était si humble dans sa
grandeur, cette âme incomparable, qu'elle

craignait toujours de détruire mon individualité en y substituant la sienne. Elle me
développait dans le sens que je lui mani-
festais, elle me prenait tel que je suis,
sans se douter que je puisse être mauvais. Ah! c'est là aimer, et ce n'est pas
ainsi que nos maîtresses nous aiment, convenez-en.

— Comment se fait-il que, comprenant
si bien la grandeur et la beauté du dévouement dans l'amour, vous ne le sen-
tiez pas vivre ou germer dans votre propre
sein ?

— Et vous, Salentini, répondit-il en

m'arrêtant avec vivacité, que portez-vous ou que couvez-vous dans votre âme? Est-ce le dévouement aux autres? non, c'est le dévouement à vous-même, car vous êtes artiste. Soyez sincère, je ne suis pas de ceux qui se paient des mots sonores vulgairement appelés *blagues* de sentiment.

— Vous me faites trembler, Celio, lui dis-je, et, en me pénétrant d'un examen si froid, vous me feriez douter de moi-même. Laissez-moi jusqu'à demain pour vous répondre, car me voici à ma porte, et je crains que vous ne soyez fatigué. Où demeurez-vous, et à quelle heure secouez-vous les pavots du sommeil?

— Le sommeil! encore une *blague!* répondit-il; je suis toujours éveillé. Venez me demander à déjeûner aussitôt que vous voudrez. Voilà ma carte.

Il ralluma son cigare au mien, et s'éloigna.

V

DÉPIT

V

Dépit.

J'étais fatigué, et pourtant je ne pus
dormir. Je comptai les heures sans réussir
à résumer les émotions de ma soirée et à
conclure avec moi-même. Il n'y avait
qu'une chose certaine pour moi, c'est que

je n'aimais plus la duchesse, et que j'avais
failli faire une lourde école en m'attachant
à elle; mais une âme blessée cherche vite
une autre blessure pour effacer celle qui
mortifie l'amour-propre, et j'éprouvais un
besoin d'aimer qui me donnait la fièvre.
Pour la première fois, je n'étais plus le
maître absolu de ma volonté; j'étais im-
patient du lendemain. Depuis douze heures, j'étais entré dans une nouvelle phase
de ma vie, et, ne me reconnaissant plus,
je me crus malade.

Je ne l'avais jamais été, ma santé avait
fait ma force, je m'étais développé dans

un équilibre inappréciable. J'eus peur en me sentant le pouls légèrement agité. Je sautai à bas de mon lit, je me regardai dans une glace, et je me mis à rire. Je rallumai ma lampe, je taillai un crayon, je jetai sur un bout de papier les idées qui me vinrent. Je fis une composition qui me plut, quoique ce fût une mauvaise composition. C'était un homme assis entre son bon et son mauvais ange. Le bon ange était distrait et comme pris de sollicitude pour un passant auquel le mauvais ange faisait des agaceries dans le même moment. Entre ces deux anges, le personnage principal délaissé, et ne comptant ni sur l'un ni sur l'autre, regardait en souriant une fleur qui personnifiait pour lui la nature. Cette allégorie n'avait pas le sens commun, mais elle avait une signification pour moi seul. Je me crus vainqueur de mon angoisse; je me recouchai, je m'assoupis, j'eus le cauchemar : je rêvai que j'égorgeais Celio.

Je quittai mon lit décidément, je m'habillai aux premières lueurs de l'aube; j'allai faire un tour de promenade sur les remparts, et, quand le soleil fut levé, je gagnai le logis de Celio.

Celio ne s'était pas couché, je le trouvai

écrivant des lettres. — Vous n'avez pas dormi, me dit-il, et vous êtes fatigué pour avoir essayé de dormir? J'ai fait mieux que vous; j'ai passé la nuit dehors. Quand on est excité, il faut s'exciter davantage; c'est le moyen d'en finir plus vite.

— Fi! Celio, dis-je en riant, vous me scandalisez.

— Il n'y a pas de quoi, reprit-il, car j'ai passé la nuit sagement à causer et à écrire avec la plus honnête des femmes.

— Qui? mademoiselle Boccaferri?

— Eh! pourquoi devinez-vous? Est-ce
que... mais il serait trop tard, elle est
partie.

— Partie!

— Ah! vous pâlissez? Tiens, tiens! je ne
m'étais pas aperçu de cela; il est vrai que
j'étais tout plongé en moi-même hier soir.
Mais écoutez : en vous quitant cette nuit,
j'étais de fort mauvaise humeur contre
vous. J'aurais causé encore deux heures
avec plaisir, et vous me disiez d'aller me
reposer, ce qui voulait dire que vous aviez
assez de moi. Résolu à causer jusqu'au

grand jour, n'importe avec qui, j'allai
droit chez le vieux Boccaferri. Je sais qu'il
ne dort jamais de manière, même quand
il a bu, à ne pas s'éveiller tout d'un coup
le plus honnêtement du monde et parfaitement lucide. Je vois de la lumière à sa fenêtre, je frappe, je le trouve debout cau-
sant avec sa fille. Ils accourent à moi,
m'embrassent et me montrent une lettre
qui était arrivée chez eux pendant la soirée
et qu'ils venaient d'ouvrir en rentrant. Ce
que contenait cette lettre, je ne puis vous
le dire, vous le saurez plus tard ; c'est un
secret important pour eux, et j'ai donné
ma parole de n'en parler à qui que ce soit.

Je les ai aidés à faire leurs paquets, je me suis chargé d'arranger ici leurs affaires avec le théâtre ; j'ai causé des miennes avec Cecilia, pendant que le vieux allait chercher une voiture. Bref, il y a une heure que je les y ai vus monter et sortir de la ville. A présent me voilà réglant leurs comptes, en attendant que j'aille à la direction théâtrale pour dégager la Cecilia de toutes poursuites. Ne me questionnez pas, puisque j'ai la bouche scellée ; mais je vous prie de remarquer que je suis fort actif et fort joyeux ce matin, que je ne songe pas à ménager la fraicheur de ma voix, enfin que je fais du dévouement pour mes amis, ni plus ni moins qu'un simple épicier. Que cela ne vous émerveille pas trop! je suis *obligeant*, parce que je suis actif, et qu'au lieu de me coûter, cela m'occupe et m'amuse, voilà tout.

— Vous ne pouvez même pas me dire vers quelle contrée ils se dirigent?

— Pas même cela. C'est bien cruel, n'est-ce pas? Prenez-vous-en à la Bocca-ferri, qui n'a pas fait d'exception en votre faveur' au silence qu'elle m'imposait, tant les femmes sont ingrates et per-verses !

—J'avais cru que vous, vous faisiez une exception en faveur de mademoiselle Boccaferri dans vos anathèmes contre son sexe?

— Parlons-nous sérieusement? Oui, certes, elle est une exception, et je le proclame. C'est une femme honnête; mais pourquoi? Parce qu'elle n'est point belle.

— Vous êtes bien persuadé qu'elle n'est pas belle? repris-je avec feu : vous parlez comme un comédien, mais non comme un artiste. Moi, je suis peintre, je m'y connais, et je vous dis qu'elle est plus belle que la duchesse de X..., qui a tant de réputation, et que la prima donna actuelle, dont on fait tant de bruit.

Je m'attendais à des plaisanteries ou à des négations de la part de Celio. Il ne me répondit rien, changea de vêtements, et m'emmena déjeûner. Chemin faisant, il me dit brusquement : — Vous avez parfaitement raison, elle est plus belle qu'aucune femme au monde. Seulement j'avais la mauvaise honte de le nier, parce que je croyais être le seul à m'en apercevoir.

— Vous parlez comme un possesseur, Celio, comme un amant.

— Moi ! s'écria-t-il en tournant son visage vers le mien avec assurance, je ne le suis pas, je ne l'ai jamais été, et je ne le serai jamais !

— D'où vient que vous ne désirez pas l'être?

— De ce que je la respecte et veux l'aimer toujours, de ce qu'elle a été la protégée de ma mère qui l'estimait, de ce qu'elle est, après moi (et peut-être autant

que moi), le cœur qui a le mieux compris,
le mieux aimé, le mieux pleuré ma mère.
Oh! ma *vieille* Cecilia, jamais! c'est une
tête sacrée, et c'est la seule tête portant
un bonnet sur laquelle je ne voudrais pas
mettre le pied.

— Toujours étrange et inconséquent,
Celio!... Vous reconnaissez qu'elle est res-
pectable et adorable, et vous méprisezt ant
votre propre amour, que vous l'en préser-
vez comme d'une souillure! Vous ne pouvez donc que flétrir et dégrader ce que
votre souffle atteint! Quel homme ou quel
diable êtes-vous? Mais, permettez-moi de

vous le dire et d'employer un des mots
crus que vous aimez, ceci me paraît de la
blague, une prétention au *méphistophélisme*,
que votre âge et votre expérience ne peuvent pas encore justifier. Bref, je ne vous
crois pas. Vous voulez m'étonner, faire le
fort, l'invincible, le satanique ; mais, tout
bonnement, vous êtes un honnête jeune
homme, un peu libertin, un peu taquin,
un peu fanfaron... pas assez pourtant
pour ne pas comprendre qu'il faut épouser
une honnête fille quand on l'a séduite ; et
comme vous êtes trop jeune ou trop ambitieux pour vous décider si tôt à un mariage si modeste, vous ne voulez pas

faire la cour à mademoiselle Boccaferri.

— Plût au ciel que je fusse ainsi ! dit
Celio sans montrer d'humeur et sans re-
gimber ; je ne serais pas malheureux, et je
le suis pourtant ! Ce que je souffre est
atroce... Ah ! si j'étais honnête et bon, je
serais naïf, j'épouserais demain la Boccaferri, et j'aurais une existence calme,
rangée, charmante, d'autant plus que ce
ne serait peut-être pas un mariage aussi
modeste que vous croyez. Qui connaît l'a-
venir ? Je ne puis m'expliquer là-dessus ;
mais sachez que, quand même la Cecilia

serait une riche héritière, parée d'un grand nom, je ne voudrais pas devenir amoureux d'elle. Écoutez, Salentini, une grande vérité, bien niaise, un lieu-commun : l'amour des mauvaises femmes nous tue; l'amour des femmes grandes et bonnes les tue. Nous n'aimons beaucoup que ce qui nous aime peu, et nous aimons mal ce qui nous aime bien. Ma mère est morte de cela, à quarante ans, après dix années de silence et d'agonie.

— C'est donc vrai? je l'avais entendu dire.

— Celui qui l'a tuée vit encore. Je n'ai

jamais pu l'amener à se battre avec moi.

Je l'ai insulté atrocement, et lui qui n'est

point un lâche, tant s'en faut, il a tout sup-

porté plutôt que de lever la main contre

le fils de la Floriani... Aussi je vis comme

un réprouvé, avec une vengeance inassou-

vie qui fait mon supplice, et je n'ai pas le

courage d'assassiner l'assassin de ma

mère! Tenez, vous voyez en moi un nouvel

Hamlet, qui ne pose pas la douleur et la

folie, mais qui se consume dans le re-

mords, dans la haine et dans la colère. Et

pourtant, vous l'avez dit, je suis bon : tous

les égoïstes sont faciles à vivre, tolérants

et doux. Mais je suivrai l'exemple d'Ham-

let, je ne briserai point la pâle Ophélia;
qu'elle aille dans un cloître plutôt! je suis
trop malheureux pour aimer. Je n'en ai
plus le temps ni la force. Et puis Hamlet
se complique en moi de passions encore
vivantes; je suis ambitieux, personnel;
l'art, pour moi, n'est qu'une lutte, et la
gloire qu'une vengeance. Mon ennemi avait
prédit que je ne serais rien, parce que ma
mère m'avait trop gâté. Je veux l'écraser
d'un éclatant démenti à la face du monde.
Quant à la Boccaferri, je ne veux pas être
pour elle ce que cet homme maudit a été
pour ma mère, et je le serais! Voyez-vous,
il y a une fatalité! Les orages et les mal-

heurs qui nous frappent dans notre enfance s'attachent à nous comme des furies, et, plus nous tâchons de nous en préserver, plus nous sommes entraînés, par je ne sais quel funeste instinct d'imitation, à les reproduire plus tard : le crime est contagieux. L'injustice et la folie, que j'ai détestées chez l'amant de ma mère, je les sens s'éveiller en moi, dès que je commence à aimer une femme. Je ne veux donc pas aimer, car, si je n'étais pas la victime, je serais le bourreau.

— Donc vous avez peur aussi, quelquefois et à votre insu, d'être la victime? Donc vous êtes capable d'aimer?

— Peut-être; mais j'ai vu, par l'exemple de ma mère, dans quel abîme nous précipite le dévouement, et je ne veux pas tomber dans cet abîme.

— Et vous ne croyez pas que l'amour puisse être soumis à d'autres lois qu'à cette diabolique alternative du dévouement méconnu et immolé, ou de la tyrannie délirante et homicide?

— Non!

— Pauvre Celio, je vous plains, et je vois que vous êtes un homme faible et

passionné. Je vous connais enfin : vous êtes
destiné, en effet, à être victime ou bourreau ; mais vous ne faites là le procès qu'à
vous-même, et le genre humain n'est pas
forcément votre complice.

— Ah ! vous me méprisez, parce que
vous avez meilleure opinion de vous-
même ? s'écria Celio avec amertume ; eh
bien ! attendons. Si vous êtes sincère, nous
philosopherons ensemble un jour ; nous ne
disputerons plus. Jusque-là, que voulez-
vous faire ? La cour à ma vieille Boccaferri ? En ce cas, prenez garde ! je veille à
sa défense comme un jeune chien déjà

méfiant et hargneux. Il vous faudra marcher droit avec elle. Si je la respecte, ce n'est pas pour permettre aux autres de s'emparer d'elle, même dans le secret de leurs pensées.

Je fus frappé de l'âpreté de ces dernières paroles de Celio et de l'accent de haine et de dépit qui les accompagna. — Celio, lui dis-je, vous serez jaloux de la Boccaferri, vous l'êtes déjà : convenez que nous sommes rivaux ! Soyons francs, je vous en supplie, puisque vous dites que la franchise, c'est le signe de la force. Vous m'avez dit que vous n'étiez pas son amant et que vous ne vouliez pas l'être ; mais descendez dans le plus profond de votre cœur, et voyez si vous êtes bien sûr de l'avenir ; puis vous me direz si je vais sur vos brisées, et si nous sommes dès aujourd'hui amis ou ennemis.

— Ce que vous me demandez là est délicat, répondit-il ; mais ma réponse ne se fera pas attendre. Je ne mens jamais aux autres ni à moi-même. Je ne serai jamais jaloux de la Cecilia, parce que je n'en serai jamais amoureux... à moins que pourtant elle ne devienne amoureuse de moi, ce qui est aussi vraisemblable que de voir la

duchesse devenir sincère et le vieux Boccaferri devenir sobre.

— Et pourquoi donc, Celio ? Si, par malheur pour moi, la Cecilia vous voyait et
vous entendait en cet instant, elle pourrait bien être émue, tremblante, indécise...

— Si je la voyais indécise, émue et tremblante, je fuirais, je vous en donne ma parole d'honneur, monsieur Salentini ! Je
sais trop ce que c'est que de profiter d'un
moment d'émotion et de prendre les femmes par surprise. Ce n'est pas ainsi que je

voudrais être aimé d'une femme comme la Boccaferri ; je n'y trouverais aucun plaisir et aucune gloire, parce qu'elle est sincère et honnête, parce qu'elle ne me cacherait pas sa honte et ses larmes, parce qu'au lieu de volupté je ne lui donnerais et ne recevrais d'elle que de la douleur et des remords. Oh ! non, ce n'est pas ainsi que je voudrais posséder une femme pure ! Et, comme je ne cherche que l'ivresse, je ne m'adresserai jamais qu'à celles qui ne veulent rien de plus. Êtes-vous content ?

— Pas encore, ami : rien ne me prouve

que la Boccaferri ne vous aime pas profon-
dément, et que l'amitié qu'elle proclame
pour vous ne soit pas un amour qu'elle se
cache encore à elle-même. S'il en était
ainsi, si un jour ou l'autre vous veniez
à le découvrir, vous me la disputeriez,
n'est-ce pas?

— Oui, certes, monsieur, répondit Celio sans hésiter, et, puisque vous l'aimez,
vous devez comprendre que son amour ne
soit pas chose indifférente... Mais alors, mon
ami, ajouta-t-il saisi d'un attendrissement
douloureux qui se peignit sur son visage ex-
pressif et sincère, je vous demanderais en

grâce de vous battre avec moi. J'aurais la
chance d'être tué, parce que je me bats mal.
Je suis passé maître à la salle d'armes : en
présence d'un adversaire réel, je suis ému,
la colère me transporte, et j'ai toujours
été blessé. Ma mort sauverait la Cecilia de
mon amour. Ainsi, ne me manquez pas, si
nous en venons jamais là ! A présent, dé-
jeûnons, rions et soyons amis, car je suis
bien sûr qu'elle me regarde comme un
enfant ; je ne vois en elle qu'une vieille
amie, et, si cela continue, je ne vous por-
terai pas ombrage... Mais vous l'épouseriez,
n'est-ce pas ? autrement je me battrais de
sang-froid, et je vous tuerais, comptez-y.

— A la bonne heure, répondis-je. Ce
que vous me dites là me prouve qui elle
est, et ce respect pour la vertu dans la
bouche d'un soi-disant libertin me pousse
au mariage les yeux fermés.

Nous nous serrâmes la main, et notre
repas fut fort enjoué. J'étais plein d'espoir
et de confiance, je ne sais pourquoi, car
mademoiselle Boccaferri était partie. Je ne
savais plus quand ni où je la retrouverais,
et elle ne m'avait pas accordé seulement
un regard qui pût me faire croire à son
amour pour moi. Étais-je en proie à un
accès de fatuité? Non, j'aimais. Mon en-

tretien avec Celio venait de rendre évident pour moi ce mérite que j'avais deviné
la veille. L'amour élargit la poitrine et
parfume l'air qui y pénètre : c'était mon
premier amour véritable, je me sentais
heureux, jeune et fort; tout se colorait à
mes yeux d'une lumière plus vive et plus
pure.

— Savez-vous un rêve que je faisais ces
jours-ci, me dit Celio, et qui me revient
plus sérieux après mon *fiasco?* C'est d'aller
passer quelques semaines, quelques mois
peut-être, dans un coin tranquille et
ignoré, avec le vieux fou Boccaferri et sa

très raisonnable fille. A eux deux, ils possèdent le secret de l'art : chacun en représente une face. Le père est particulièrement inventif et spontané, la fille éminemment consciencieuse et savante, car c'est une grande musicienne que la Cecilia ; le public ne s'en doute pas, et vous, vous n'en savez probablement rien non plus. Eh bien ! elle est peut-être la dernière grande musicienne que possédera l'Italie. Elle comprend encore les maîtres qu'aucun nouveau chanteur en renom ne comprend plus. Qu'elle chante dans un ensemble, avec sa voix qu'on entend à peine, tout le monde marche sans se rendre compte

qu'elle seule contient et domine toutes les
parties par sa seule intelligence, et sans
que la force du poumon y soit pour rien.
On le sent, on ne le dit pas. Quels sont les
favoris du public qui ·voudraient avouer
la supériorité d'un talent qu'on n'applaudit
jamais? Mais allez ce soir au théâtre, et
vous verrez comment marchera l'opéra ;
on s'apercevra *un peu* de la lacune creusée
par l'absence de la Boccaferri ! Il est vrai
qu'on ne dira pas à quoi tient ce manque
d'ensemble et d'âme collective. Ce sera
l'enrouement de celui-ci, la distraction de
celui-là ; les voix s'en prendront à l'orches-
tre, et réciproquement. Mais moi, qui serai

spectateur ce soir, je rirai de la déroute
générale, et je me dirai : Sot public, vous
aviez un trésor, et vous ne l'avez jamais
compris ! Il vous faut des roulades, on vous
en donne *en veux-tu ? en voilà,* et vous n'êtes
pas content ! Tâchez donc de savoir ce que
vous voulez. En attendant, moi, j'observe
et je me repose.

— Vous ne m'apprenez rien, Celio ; précisément hier soir, je rompais une lance
contre la duchesse de... pour le talent
élevé et profond de mademoiselle Boccaferri.

— Mais la duchesse ne peut pas comprendre cela, reprit Celio en haussant les épaules. Elle n'est pas plus artiste que *ma botte!* Et il faut être extrêmement fort pour reconnaître des qualités enfouies sous un *fiasco* perpétuel, car c'est là le sort de la pauvre Boccaferri. Qu'elle dise comme un maître les parties les plus insignifiantes de son rôle, quatre ou cinq vrais dilettanti épars dans les profondeurs de la salle souriront d'un plaisir mystérieux et tranquille. Quelques demi-musiciens diront : « Quelle belle musique ! comme c'est écrit ! » sans reconnaître qu'ils ne se fussent pas aperçus de cette perfection dans le détail d'une belle chose si la *seconda donna* n'était pas une grande artiste. Ainsi va le monde, Salentini! Moi, je veux faire du bruit, et je cherche le succès de toute la puissance de ma volonté, mais c'est pour me venger du public que je hais, c'est pour le mépriser davantage. Je me suis trompé sur les moyens, mais je réussirai à les trouver, en profitant du vieux Boccaferri, de sa fille, et de moi-même par-dessus tout. Pour cela, voyez-vous, il faut que je me perfectionne comme véritable artiste; ce sera l'affaire de peu de temps; chaque année, pour moi, représente dix ans de la vie du vulgaire; je suis actif et entêté. Quand j'aurai acquis ce qui me manque pour moi-même, je saurai parfaitement ce qui manque au public pour comprendre le vrai mérite. Je parviendrai à être infiniment plus mauvais que je ne l'ai été hier devant lui, et par conséquent à lui plaire infiniment. Voilà ma théorie. Comprenez-vous?

— Je comprends qu'elle est-fausse, et que si vous ne cherchez pas le beau et le vrai pour l'enseigner au public, en supposant que vous lui plaisiez dans le faux, vous ne posséderez jamais le vrai. On ne dédouble jamais son être à ce point. On ne fait point la grimace sans qu'il en reste un pli au plus beau visage. Prenez garde, vous

avez fait fausse route, et vous allez vous
perdre entièrement.

— Et voyez pourtant l'exemple de la Cecilia ! s'écria Celio fort animé ; ne possède-
t-elle pas le vrai en elle, ne s'opiniâtre-t-
elle pas à ne donner au public que du
vrai, et n'est-elle pas méconnue et ignorée ?
Et il ne faut pas dire qu'elle est incom-
plète et qu'elle manque de force et de feu.
Voyez-vous, pas plus loin qu'il y a deux
jours, j'ai entendu la Boccaferri chanter et
déclamer seule entre quatre murs et ne
sachant pas que j'étais là pour l'écouter.
Elle embrasait l'atmosphère de sa passion,

elle avait des accents à faire vibrer et tres-
saillir une foule comme un seul homme.
Cependant elle ne méprise pas le public,
elle se borne à ne pas l'aimer. Elle chante
bien devant lui, pour son propre compte,
sans colère, sans passion, sans audace. Le
public reste sourd et froid; il veut, avant
tout, qu'on se donne de la peine pour lui
plaire, et moi, je m'en donnerai; mais il
me le paiera, car je ne lui donnerai de
mon feu et de ma science que le rebut, encore trop bon pour lui.

Je ne pus calmer Celio. Il prenait beaucoup de café en jurant contre la platitude

du café viennois. Il cherchait à s'exciter de plus en plus. La rage de sa défaite lui revenait plus amère. Je lui rappelai qu'il fallait aller au théâtre; il y courut en me donnant rendez-vous pour le soir chez moi.

VI.

LA DUCHESSE.

VI.

La duchesse.

A l'heure convenue, j'attendais Celio,
mais je ne reçus qu'un billet ainsi
conçu :

« Mon cher ami, je vous envoie de l'argent et des papiers pour que vous ayez à terminer demain l'affaire de mademoiselle Boccaferri avec le théâtre. Rien n'est plus simple : il s'agit de verser la somme ci-jointe et de prendre un reçu que vous conserverez. Son engagement était à la veille d'expirer, et elle n'est passive que d'une amende ordinaire pour deux représentations auxquelles elle fait défaut. Elle trouve ailleurs un engagement plus avantageux. Moi, je pars, mon cher ami. Je serai parti quand vous recevrez cet adieu. Je ne puis supporter une heure de plus l'air du pays et les compliments de condoléance : je me fâcherais, je dirais ou ferais quelque sottise. Je vais ailleurs, je pousse plus loin. En avant, en avant !

« Vous aurez bientôt de mes nouvelles et *d'autres* qui vous intéressent davantage.

« A vous de cœur,

« CELIO FLORIANI. »

Je retournai cette épître pour voir si elle était bien à mon adresse : *Adorno Salentini*, *place*..... *n°*... Rien n'y manquait.

Je retombai anéanti, dévoré d'une af-

freuse inquiétude, en proie à de noirs
soupçons, consterné d'avoir perdu la trace
de Cecilia et de celui qui pouvait me la
disputer ou m'aider à la rejoindre. Je me
crus joué. Des jours, des semaines se passèrent, je n'entendis parler ni de Celio ni
des Boccaferri. Personne n'avait fait attention à leur brusque départ, puisqu'il s'était
effectué presque avec la clôture de la saison
musicale. Je lisais avidement tous les
journaux de musique et de théâtre qui me
tombaient sous la main. Nulle part il
n'était question d'un engagement pour Cecilia ou pour Celio. Je ne connaissais personne qui fût lié avec eux, excepté le vieux

professeur de mademoiselle Boccaferri,
qui ne savait rien ou ne voulait rien savoir. Je me disposai à quitter Vienne,
où je commençais à prendre le spleen, et
j'allai faire mes adieux à la duchesse, es-
pérant qu'elle pourrait peut-être me dire
quelque chose de Celio.

Toute cette aventure m'avait fait beaucoup de mal. Au moment de m'épanouir à
l'amour par la confiance et l'estime, je me
voyais rejeté dans le doute, et je sentais les
atteintes empoisonnées du sceptiscisme et
de l'ironie. Je ne pouvais plus travailler ; je
cherchais l'ivresse, et ne la trouvais nulle

part. Je fus plus méchant dans mon entretien avec la duchesse que Celio lui-même
ne l'eût été à ma place. Ceci la passionna
pour, je devrais dire *contre* moi : les coquettes sont ainsi faites.

L'inquiétude mal déguisée avec laquelle
je l'interrogeais sur Celio lui fit croire que
j'étais resté jaloux et amoureux d'elle. Elle
me jura ne pas savoir ce qu'il était devenu
depuis la malencontreuse soirée de son début; mais, en me supposant épris d'elle et
en voyant avec quelle assurance je le niais,
elle se forma une grande idée de la force de
mon caractère. Elle prit à cœur de le

dompter, elle se piqua au jeu ; une lutte acharnée avec un homme qui ne lui montrait plus de faiblesse et qui l'abandonnait sur un simple soupçon lui parut digne de toute sa science.

Je quittai Vienne sans la revoir. J'arrivai à Turin ; au bout de deux jours, elle y était aussi ; elle se compromettait ouvertement, elle faisait pour moi ce qu'elle n'avait jamais fait pour personne. Cette femme qui m'avait tenu dans un plateau de la balance avec Celio dans l'autre, pesant froidement les chances de notre gloire en herbe pour choisir celui des deux qui

flatterait le plus sa vanité, cette sage coquette qui nous ménageait tous les deux
pour éconduire celui de nous qui serait
brisé par le public, cette grande dame,
jusque-là fort prudente et fort habile dans
la conduite de ses intrigues galantes, se
jetait à corps perdu dans un scandale, sans
que j'eusse grandi d'une ligne dans l'opinion publique, et tout simplement par la
seule raison que je lui résistais.

Pourtant Celio avait été aussi cruel avec
elle, et elle ne s'en était pas émue d'une
manière apparente. Il ne suffisait donc pas
de lui résister pour qu'elle s'éprît de la

sorte. Elle avait senti que Celio ne l'aimait
pas, et qu'il n'était peut-être pas capable
d'aimer sérieusement; mais, outre que
mon caractère et mon savoir-vivre lui of-
fraient plus de garanties, elle m'avait vu
sincèrement ému auprès d'elle, elle devi-
nait que j'étais capable de concevoir une
grande passion, et elle pensait me l'inspirer encore en dépit de mon courage et de
ma fierté. Elle se trompait de date, il est
vrai, et il se trouva qu'elle fit pour moi,
lorsque j'étais refroidi à son égard, ce
qu'elle n'eût point songé à faire lorsque j'étais enflammé. Les femmes ne
sont jamais si habiles qu'elles ne tom-

bent dans le piége de leur propre vanité.

Je la vis donc se jeter dans mes bras à un moment de ma vie où je ne l'aimais point, et où je souffrais à cause d'une autre femme. Il ne me fallut ni courage, ni vertu, ni orgueil pour la repousser d'abord, et pour tenter de la faire renoncer à sa propre perte. J'y mis une énergie qui l'excita d'autant plus à se perdre; j'aurais été un scélérat, un roué, un ennemi acharné à son désastre, que je n'aurais pas agi autrement pour la pousser à bout et lui faire fouler aux pieds tout souci de sa réputation. Elle crut que je mettais son amour à l'épreuve, et le mien au prix de cette épreuve décisive, éclatante. Cette femme, funeste aux autres, le devint volontairement à elle-même tout d'un coup, au milieu d'une vie d'égoïsme et de calcul. Elle tendit tous les ressorts de sa volonté pour vaincre une aversion qu'elle prenait seulement pour de la méfiance. La crise de son orgueil blessé l'emporta sur les habitudes de sa vanité froide et dédaigneuse. Peut-être aussi s'ennuyait-elle, peut-être voulait-elle connaître les orages d'une passion véritable ou d'une lutte violente.

Ma résistance l'irrita à ce point qu'elle

jura de me forcer par un éclat à tomber à
ses pieds. Elle chercha à se faire insulter
publiquement pour me contraindre à prendre sa défense. Elle vint en plein jour chez
moi dans sa voiture ; elle confia son prétendu secret à trois ou quatre amies, femmes du monde, qu'elle choisit les plus in-
discrètes possible. Elle laissa tomber son
masque en plein bal, au moment où elle
s'emparait de mon bras; enfin elle me
poursuivit jusque dans une loge de théâtre
où elle se fût montrée à tous les regards,
si je n'en fusse sorti précipitamment avec
elle.

Cette torture dura huit jours pendant

lesquels elle sut multiplier des incidents incroyables. Cette femme indolente et superbe de mollesse était en proie à une activité dévorante. Elle ne dormait pas, elle ne mangeait plus, elle était changée d'une manière effrayante. Elle savait aussi s'opposer à ma fuite en me faisant croire à chaque instant qu'elle venait me dire adieu et qu'elle renonçait à moi. J'aurais voulu calmer la douleur que je lui causais, l'amener à de bonnes résolutions, la quitter noblement et avec des paroles d'amitié. Je ne faisais qu'irriter son désespoir, et il reparaissait plus terrible, plus impérieux, plus enlaçant au moment où je me flat-

tais de l'avoir fait céder à l'empire de la
raison.

Ce que je souffris durant ces huit jours
est impossible à confesser. L'amour d'une
femme est peut-être irrésistible, quelle
que soit cette femme, et celle-là était belle,
jeune, intelligente, audacieuse, pleine de
séductions. Le chagrin qui la consumait
rapidement donnait à sa beauté un caractère terrible, bien fait pour agir sur une
imagination d'artiste. Je l'avais toujours
crue lascive, elle passait pour l'être, elle
l'avait peut-être toujours été ; mais, avec
moi, elle paraissait dévorée d'un besoin

de cœur qui faisait taire les sens et l'ornait du prestige nouveau de la chasteté. Je me sentais glisser sur une pente rapide dans un précipice sans fond, car il ne me fallait qu'aimer un instant cette femme pour être à jamais perdu. Cela, je n'en pouvais douter; je savais bien quelle réaction de tyrannie j'aurais à subir, une fois que j'aurais abandonné mon âme à cet attrait perfide. Je me connaissais, ou plutôt je me pressentais. Fort dans le combat, j'étais trop naïf dans la défaite pour n'être pas enlacé à tout jamais par ma conscience. Et je pouvais encore combattre, parce que je me retenais d'aimer, car je voyais en elle

tout le contraire de mon idéal : le dévouement, il est vrai, mais le dévouement dans
la fièvre, l'énergie dans la faiblesse, l'enthousiasme dans l'oubli de soi-même, et
point de force véritable, point de dignité,
point de durée possible dans ce subit engouement. Elle me faisait horreur et pitié
en même temps qu'elle allumait en moi
des agitations sauvages et une sombre
curiosité. Je voyais mon avenir perdu,
mon caractère déconsidéré, toutes les femmes effrontées et galantes ayant déjà l'œil
sur moi pour me disputer à une puissante
rivale et jouer avec moi à coups de griffes
comme des panthères avec un gladiateur.

Je devenais un homme à bonnes fortunes,
moi qui détestais ce plat métier, un charlatan pour les esprits sévères qui m'accu-
seraient de chercher la renommée dans le
scandale des aventures, au lieu de la con-
quérir par le progrès dans mon art. Je me
sentais défaillir, et, lorsque le feu de la
passion montait à ma poitrine, la sueur
froide de l'épouvante coulait de mon
front. Que cette femme fût perdue par moi
ou seulement acceptée par moi dans sa
chute volontaire, j'étais lié à elle par l'honneur ; je ne pouvais plus l'abandonner.
j'aurais beau m'étourdir et m'exalter en
me battant pour elle, il me faudrait tou-

jours traîner à mon pied ce boulet dé-
gradant d'un amour imposé par la faiblesse d'un instant à la dignité de toute la
vie.

Déjà elle me menaçait de s'empoison-
ner, et, dans la situation extrême où elle
s'était jetée, une heure de rage et de dé-
lire pouvait la porter au suicide. Le ciel
m'inspira un *mezzo termine*. Je résolus de la
tromper en laissant une porte ouverte à
l'observation de ma promesse. J'exigeai
qu'elle allât rejoindre ses amis et sa famille
à Milan; j'en fis une condition de mon
amour, lui disant que je rougirais de pro-

fiter, pour la posséder, de la crise où elle
se jetait, que ma conscience ne serait plus
troublée dès que je la verrais reprendre sa
place dans le monde et son rang dans l'o-
pinion, que je restais à Turin pour ne pas
la compromettre en la suivant, mais que
dans huit jours je serais auprès d'elle
pour l'aimer dans les douceurs du mystère.

J'eus un peu de peine à la persuader,
mais j'étais assez ému, assez peu sûr de
ma force pour qu'elle crût encore à la
sienne. Elle partit, et je restai brisé de
tant d'émotions, fatigué de ma victoire,

incertain si j'allais me sauver au bout
du monde, ou la rejoindre pour ne plus la
quitter.

Je fus plus faible après son départ que je
ne l'avais été en sa présence. Elle m'écri-
vait des lettres délirantes. Il y avait en
moi une sorte d'antipathie instinctive que
son langage et ses manières réveillaient
par instants, et qui s'effaçait quand son
souvenir me revenait accompagné de tant
de preuves d'abnégation et d'emportement. Et puis la solitude me devenait insupportable. D'autres folies me sollici-
taient. La Boccaferri m'abandonnait, Celio

m'avait trompé. Le monde était vide,
sans un être à aimer exclusivement. Les
huit jours expirés, je fis venir un voiturin
pour me rendre à Milan.

On chargeait mes effets, les chevaux
attendaient à ma porte ; j'entrai dans
mon atelier pour y jeter un dernier coup
d'œil.

J'étais venu à Turin avec l'intention d'y
passer un certain temps. J'aimais cette
ville qui me rappelait toute mon enfance,
et où j'avais conservé de bonnes relations.
J'avais loué un des plus agréables loge-

ments d'artiste ; mon atelier était excellent, et, le jour où je m'y étais installé,
j'avais travaillé avec délices, me flattant
d'y oublier tous mes soucis et d'y faire des
progrès rapides. L'arrivée de la duchesse
avait brisé ces doux projets, et, en quit-
tant cet asile, je tremblai que tout ne fût
brisé dans ma vie. Il me prit un remords,
une terreur, un regret, sous lesquels je me
débattis en vain. Je me jetai sur un sofa ;
on m'appelait dans la rue ; le conducteur
du voiturin s'impatientait ; ses petits chevaux, qui étaient jeunes et fringants, grat-
taient le pavé. Je ne bougeais pas. Je n'a-
vais pas la force de me dire que je ne

partirais point ; je me disais avec une certaine satisfaction puérile que je n'étais pas
encore parti.

Enfin le voiturin vint frapper en personne à ma porte. Je vois encore sa cas-
quette de loutre et sa casaque de molleton.
Il avait une bonne figure à la fois mécon-
tente et amicale. C'était un ancien militaire, irrité de mon inexactitude, mais
soumis à l'idée de subordination. «. Eh?
mon cher monsieur, les jours sont si courts
dans cette saison ! la route est si mauvaise ! Si la nuit nous prend dans les
montagnes, que ferons-nous? Il y a une

grande heure que je suis à vos ordres,
et mes petits chevaux ne demandent qu'à
courir pour votre service. » Ce fut là toute
sa plainte.— C'est juste, ami, lui dis-je,
Monte sur ton siége, me voilà.! »

Il sortit; je me disposai à en faire autant. Un papier qui voltigeait sur le plan-
chér arrêta mes regards. Je le ramassai :
c'était un feuillet détaché de mon album.
Je reconnus la composition que j'avais es-
quissée dans la nuit où Celio m'avait ra-
mené à ma demeure, à Vienne, après son
fiasco. Je revis le bon et le mauvais ange,
distraits tous deux de moi par un malin

personnage qui avait la tournure et le costume de théâtre de Celio. Je me reportai à cette nuit d'insomnie où la duchesse m'était apparue si vaine et si perfide, la Boccaferri si pure et si grande.

Je ne sais quelle réaction se fit en moi. Je courus vers la porte ; j'ordonnai au *vetturino* de dételer et de s'en aller. Je rentrai ; je respirai ; je mis mon album sur une table comme pour reprendre possession de mon atelier, de mon travail et de ma liberté ; puis l'effroi de la solitude me saisit. Ces grandes murailles nues d'un

atelier démeublé me serrèrent le cœur. Je
retombai sur le sofa, et je me mis à pleurer,
à sangloter presque, comme un enfant qui
subit une pénitence et se désole à l'aspect
de la chambre qui va lui servir de
prison.

Tout à coup une voix de femme qui
chantait dans la rue me fit entendre les
premières phrases de cet air dù *Don Juan*
de Mozart :

> Vedrai, Carino,
> Se sei buonino,
> Che bel rimedio
> Ti voglio dar.

Était-ce un rêve ? J'entendais la voix de

Cecilia Boccaferri. Je l'avais entendue deux fois dans le rôle de Zerline, où elle avait une naïveté charmante, mais où elle manquait de la nuance de coquetterie nécessaire. En cet instant, il me sembla qu'elle s'adressait à moi avec une tendresse caressante qu'elle n'avait jamais eue en public, et qu'elle m'appelait avec un accent irrésistible. Je bondis vers la porte; je m'élançai dehors : je ne trouvai que le *vetturino* qui dételait. Je me livrai à mille recherches minutieuses. La rue et tous les alentours étaient déserts. Il faisait à peine jour, et une bise piquante soufflait des montagnes. « Reviens

15

demain, dis-je à mon conducteur en lui
donnant un pourboire ; je ne puis partir
aujourd'hui. »

Je passai vingt-quatre heures à chercher et à m'informer. Je demandais la
Boccaferri, son père et Celio, au ciel et
à la terre. Personne ne savait ce que je
voulais dire. L'un me disait que le vieil
ivrogne de Boccaferri était mort depuis
dix ans ; l'autre, que ce Boccaferri n'avait
jamais eu de fille ; tous, que le fils de la Floriani devait être en Angleterre, parce qu'il
avait traversé Turin deux mois auparavant en disant qu'il était engagé à Londres.

Je me dis que j'avais eu une hallucina-
tion, que ce n'était pas la voix de Cecilia qui m'avait chanté ces quatre vers
beaucoup trop tendres pour elle ; mais
pendant ces vingt-quatre heures, mon
émotion avait changé d'objet ; la duchesse avait perdu son empire sur
mon imagination. Au point du jour, le
brave *vetturino* était à ma porte comme
la veille. Cette fois, je ne le fis pas
attendre. Je chargeai moi-même mes
effets ; je m'installai dans son frêle *legno*
(c'est comme on dirait à Paris *un sapin*),
et je lui ordonnai de marcher vers
l'ouest.

— Eh quoi ! seigneurie, ce n'est pas la
route de Milan !

— Je le sais bien ; je ne vais plus à
Milan.

— Alors, mon maître, dites-moi où nous
allons.

— Où tu voudras, mon ami ; allons le
plus loin possible, du côté opposé à Milan.

— Je vous mènerais à Paris avec ces
chevaux-là ; mais encore voudrais-je sa-

voir si c'est à Paris ou à Rome qu'il faut
aller.

— Va vers la France, tout droit vers la
France, lui dis-je, obéissant à un instinct
spontané. Je t'arrêterai quand je serai
fatigué, ou quand la belle nature m'invi-
tera à la contempler.

— La belle nature est bien laide dans
ce temps-ci, dit en souriant le brave
homme. Voyez, que de neige du haut en
bas des montagnes! Nous ne passerons
pas aisément le Mont-Cenis!

— Nous verrons bien; d'ailleurs nous

ne le passerons peut-être pas. Allons, par-
tons. J'ai besoin de voyager. Pourvu que
ta voiture roule et m'éloigne de Milan,
comme de Turin, c'est tout ce qu'il me
faut pour aujourd'hui.

— Allons, allons! dit-il en fouettant ses
chevaux, qui firent une longue glissade
sur le pavé cristallisé par la gelée, tête
d'artiste, tête de fou! mais les gens rai-
sonnables sont souvent bêtes et toujours
avares. Vivent les artistes!

VII.

LE NŒUD CERISE.

VII.

Le Nœud cerise.

. .

Je ne crois, d'une manière absolue, ni à la destinée, ni à mes instincts, et je suis pourtant forcé de croire à quelque chose qui semble une combinaison de l'un ou de l'autre, à une force mystérieuse qui est comme l'attraction de la fatalité.

Il se fait dans notre existence, comme de grands courants magnétiques que nous traversons quelquefois, sans être emporté par eux, mais où quelquefois aussi nous nous précipitons de nous-mêmes, parce que notre *moi* se trouve admirablement prédisposé à subir l'influence de ce qui est notre élément naturel, longtemps ignoré ou méconnu. Quand nous sommes entraînés sur cette pente irrésistible, il semble que tout nous aide à en subir l'impulsion souveraine, que tout s'enchaîne autour de nous de façon à nous faire nier le hasard, enfin que les circonstances les plus naturelles, les plus insignifiantes dans d'autres moments n'existent à ce moment donné, que pour nous pousser vers le but de notre destinée, que ce but soit un abîme ou un sanctuaire.

Voici le fait qui me parut longtemps merveilleux et qui ne fut autre chose que que la rencontre d'un fait parallèle à celui de mon ennui et de mon inquiétude. Mon *vetturino* était marié non loin de la frontière, du côté de Briançon, à une jeune et jolie femme dont il était séparé assez souvent par l'activité de sa profession. Je lui dis

que je voulais aller du côté de la France;
et je le voulais parce qu'il s'agissait pour
moi de prendre la route diamétralement
opposée à celle de Milan, et aussi un peu
parce que j'avais quelques renseignements
vagues sur le passage récent de Celio
dans la contrée que je parcourais. Mon
vetturino vit que je ne savais pas bien où
je voulais aller, et comme il avait envie
d'aller à Briançon, il prit naturellement la
route de Suse et d'Exille, traversa la frontière avec la Doire, et me fit entrer dans
le département des Hautes-Alpes par le
Mont-Genèvre.

Comme nous approchions de Briançon,

il me demanda si je ne comptais pas m'y
arrêter quelques jours, du ton d'un homme
décidé à m'y contraindre. Et, comme j'hé-
sitais à lui répondre avant d'avoir bien
pénétré son dessein, il m'annonça que son
plus jeune cheval était malade, qu'il ne
mangeait pas, et qu'il craignait bien d'être
forcé de voir un vétérinaire pour le faire
saigner. Je descendis de voiture et j'exa-
minai le cheval : il avait l'œil pur, le flanc
calme ; il n'était pas plus malade que
l'autre.

— Mon ami, dis-je à maître Volabù
(c'était le nom de mon voiturin), je te prie

d'être sincère avec moi. Tu cherches un
prétexte pour t'arrêter, et moi je n'ai pas
de raisons pour t'attendre. Je ne tiens pas
plus longtemps à ton voiturin que tu ne
tiens à ma personne. Que j'arrive à Briançon, c'est tout ce que je demande. Là,
je penserai à ce que je veux faire, et j'aurai sous la main tous les moyens de trans-
port désirables. Si tu t'obstines à me laisser ici (nous n'étions plus qu'à cinq lieues
de Briançon), je m'obstinerai peut-être de
mon côté, à te faire marcher, car je t'ai
pris pour huit jours. Sois donc franc, si tu
veux que je sois bon. Tu as ici, aux envi-
rons, une affaire de cœur ou d'argent, et

c'est pour cela que ton cheval ne mange pas? Le brave homme se mit à rire, puis il secoua la tête d'un air mélancolique : — Je ne suis plus de la première jeunesse, dit-il, ma femme a dix-huit ans, et j'aurais été bien aise de la surprendre; elle ne demeure qu'à une toute petite lieue d'ici, aux *Désertes*. Par la traverse, nous y serons dans une demi-heure; le chemin est bon, et puisque vous aimez à vous arrêter n'importe où, pour marcher au hasard dans la neige, vous verrez là un bel endroit et de la belle neige, le diable m'emporte! Nous repartirions demain matin, et nous serions à Briançon avant midi. Allons, j'ai été franc, voulez-vous être bon enfant ?

— Oui, puisque je t'ai fait moi-même cette condition. Va pour les *Désertes !* le nom me plaît, et la traverse aussi. J'aime assez les paysages qu'on ne voit pas des grandes routes ; mais s'il te prend fantaisie, mon compère, de rester plus long-temps avec ta femme ? Si ton cheval recommence demain à ne plus manger ?

— Voulez-vous vous fier à la parole d'un ancien militaire, mon bourgeois ? Nous repartirons ce soir, si vous voulez.

— Je veux me fier, répondis-je. En route !

Où cet homme me conduisit, tu le sau-
ras bientôt, cher lecteur, et tu me diras
si, dans l'accès de flânerie bienveillante
qui me poussa à subir son caprice, il n'y
eut pas quelque chose qu'un homme plus
impertinent que moi eût pu qualifier d'inspiration divine.

D'abord il ne m'avait pas trompé, le
brave Volabù. Le paysage où il me fit pénétrer avait un caractère à la fois naïf et
grandiose, qui s'empara de moi, d'autant
plus que je n'avais pas compté sur le
discernement pittoresque de mon guide.
Sans doute c'était son amour pour sa

jeune femme qui lui faisait aimer ou
mieux comprendre instinctivement la
beauté du lieu qu'elle habitait. Il voulut
reconnaître ma complaisance en exerçant
envers moi les devoirs de l'hospitalité.

Il possédait là quelques morceaux de
terre et une maisonnette très propre où
il me conduisit. Et quand il eut trouvé sa
jeune ménagère au travail, bien gaie,
bien sage, bien pure (cela se voyait à la
joie franche qu'elle montra en lui sautant
au cou) il n'y eut sorte de fête qu'il ne me
fit : ils se mirent en quatre, sa femme et
lui, pour me préparer un meilleur repas

que celui que j'aurais pu faire à l'auberge
du hameau, et, comme je leur disais que
tant de soin n'était pas nécessaire pour
me contenter, ils jurèrent naïvement que
cela *ne me regardait pas*, c'est-à-dire qu'ils
voulaient me traiter et m'héberger gra-
tis.

Je les laissai à leur fricassée entremêlée
de doux propos et de gros baisers, pour
aller admirer le site environnant. Il était
simple et superbe. Des collines escarpées
servant de premier échelon aux grandes
montagnes des Alpes, toutes couvertes de
sapins et de mélèzes, encadraient la vallée

et la préservaient des vents du nord et de
l'est. Au-dessus du hameau , à mi-côte
de la colline la plus rapprochée et la plus
adoucie, s'élevait un vieux et fier château,
une des anciennes défenses de la frontière
probablement, demeure paisible et confortable désormais, car je voyais au ton
frais des châssis de croisées en bois de
chêne, encadrant de longues vitres bien
claires, que l'antique manoir était habité
par des propriétaires fort civilisés. Un
parc immense, jeté noblement sur la pente
de la colline et masquant ses froides lignes
de clôture sous un luxe de végétation chaque jour plus rare en France, formait un

des accidents les plus heureux du tableau.

Malgré la rigueur de la saison (nous étions à la fin de janvier, et la terre était couverte de frimas), la soirée était douce et riante. Le ciel avait ces tons rose-vif qui sont propres aux beaux temps de gelée ; les horizons neigeux brillaient comme de l'argent, et des nuages doux, couleur de perle, attendaient le soleil qui descendait lentement pour s'y plonger. Avant de s'envelopper dans ces suaves vapeurs, il semblait vouloir sourire encore à la vallée, et il dardait sur les toits élevés du vieux château un rayon de pourpre qui faisait de l'ardoise terne et moussue un dôme de cuivre rouge resplendissant.

Comme j'étais vêtu et chaussé en con-
séquence de la saison, je prenais un plaisir extrême à marcher sur cette neige
brillante, cristallisée par le froid, et qui
craquait sous mes pieds. En creusant des
ombres sur ces grandes surfaces à peine
égratignées par la trace de quelques petites pattes d'oiseau, j'étudiais avec attention le reflet verdâtre que donne ce blanc
éblouissant auprès duquel l'hermine et
le duvet du cygne paraissent jaunes ou
malpropres. Je ne pensais plus qu'à la
peinture et à remercier le ciel de m'avoir
détourné de Milan.

Tout en marchant, j'approchais du parc, et je pouvais embrasser de l'œil la vaste pelouse blanche, coupée de massifs noirs, qui s'étendait devant le château. On avait rajeuni les abords de cette austère demeure en nivelant les anciens fossés, en exhaussant les terres et en amenant le jardin, la verdure et les allées sablées jusqu'au niveau du rez-de-chaussée, jusqu'à la porte des appartements, comme c'est l'usage aujourd'hui que nous sentons à la fois le confortable et la poésie de la vie de château. L'enclos était bien fermé de grands murs; mais, en face du manoir, on en avait échancré une longueur de trente mètres au moins pour prendre vue sur la campagne. Cette ouverture formait terrasse, à une hauteur peu considérable, et avait pour défense un large fossé extérieur. Un petit escalier, pratiqué dans l'épaisseur du massif de pierres de la terrasse, descendait jusqu'au niveau de l'eau pour permettre, apparemment, aux jardiniers d'y venir puiser durant l'été. Comme l'eau était couverte d'une croûte de glace très forte, je fis la remarque qu'il était très facile en ce moment d'entrer dans la résidence seigneuriale des Désertes ; mais il me parut qu'on s'en rapportait à la discrétion des habitants

de la contrée, car aucune précaution n'é-
tait prise pour garantir ce côté faible de
la place.

Comme le lieu me parut désert, j'eus
quelque tentation d'y pénétrer pour admirer de plus près le tronc des ifs superbes et des pins centenaires dont les grou-
pes formaient, dans cet intérieur, mille
paysages aussi *vrais*, quoique beaucoup
mieux *composés* que ceux de la campagne
environnante ; mais je m'abstins prudem-
ment et respectueusement de cette témé-
rité de peintre, en entendant venir vers
la terrasse deux femmes qui, vues de près,

devinrent deux jeunes demoiselles ravis-
santes. Je les regardai courir et folâtrer
sur la neige, sans qu'elles fissent attention
à moi. Quoique enveloppées de manteaux
et de fourrures, elles étaient aussi légères
que le grand lévrier blanc qui bondissait
autour d'elles. L'une me parut en âge
d'être mariée ; mais, à son insouciance,
on voyait qu'elle ne l'était pas et même
qu'elle n'y songeait point. Elle était grande,
mince, blonde, jolie, et, par sa coiffure et
ses attitudes, elle me rappelait les nym-
phes de marbre qui ornent les jardins du
temps de Louis XIV. L'autre paraissait
encore une enfant ; sa beauté était mer-

veilleuse, quoique sa taille me parùt moins
élégante. Je ne sais pas non plus pourquoi je fus ému en la regardant, comme
si elle me rappelait une image connue et
chère. Cependant il me fut impossible, ce
jour-là et plus tard, de trouver de moi-
même à qui elle ressemblait.

Ces deux belles demoiselles prenaient
ensemble de tels ébats qu'elles passèrent
sans me voir. Elles parlaient italien, mais
si vite (et souvent toutes deux ensemble),
chaque phrase était d'ailleurs entrecoupée
de rires si bruyants et si prolongés, que je
ne pus rien saisir qui eùt un sens. Un

peu plus loin, elles s'arrêtèrent et se mirent à briser sans pitié de superbes branches d'arbre vert dont elles firent, les vandales! un grand tas, qu'elles abandonnèrent ensuite sur la neige, en disant : « Ma foi, qu'*il* vienne les chercher! c'est trop froid à manier. »

J'allais les perdre de vue, à regret, je l'avoue, car il y avait quelque chose de sympathique et d'excitant pour moi dans la pétulance et la gaieté de ces jolies filles, lorsqu'une d'elles s'écria : Bon! j'ai perdu *son* nœud, son fameux nœud d'épée, que j'avais attaché sur mon capuchon, avec une épingle!

— Eh bien ! dit l'aîné, nous en ferons un autre ; la belle affaire !

— Oh ! il l'avait fait lui-même ! Il prétend que nous ne savons pas faire les nœuds, comme si c'était bien malin ! Il va grogner.

— Eh bien, qu'il grogne, le grognon ! répliqua l'autre, et tous deux recommencèrent à rire, comme rient les jeunes filles, sans savoir pourquoi, sinon qu'elles ont besoin de rire.

— Tiens ! je le vois, mon nœud ! *son*

nœud! s'écria la cadette en bondissant vers le fossé; le voilà qui s'épanouit sur la neige. Oh! le beau coquelicot!

Elle arriva jusqu'au bord de la terrasse; mais, au moment de ramasser ce nœud de rubans rouges que j'avais fort bien remarqué, elle partit d'un nouvel éclat de rire : une petite brise soudaine qui venait de s'élever emportait le ruban, et le déposait à mes pieds, sur la glace du fossé.

Je le ramassai pour le rendre à la belle rieuse, et ce fut alors seulement qu'elle

m'aperçut et devint aussi rouge que son
nœud de rubans cerise.

— Pour vous le rapporter, mademoiselle, lui dis-je, je serai forcé de traverser
ce fossé ; me le permettez-vous ?

— Non non, ne faites pas cela ! répondit l'enfant, en qui un fonds d'assurance mutine parut dominer très vite
le premier accès de timidité, c'est
peut-être dangereux. Si la glace ne porte
pas ?

— N'est-ce que cela ? repris-je. C'est

bien peu de chose que de courir un petit danger pour votre service.

Et je traversai résolument la glace, qui criait un peu. En voyant qu'en effet il y avait bien quelque danger pour moi, car le fossé était large et profond, l'enfant rougit encore et descendit quelques marches du petit escalier pour venir à ma rencontre. Elle ne riait plus.

— Eh bien! qu'est-ce que cela? Que faites-vous donc, petite sœur? dit l'aînée, qui venait la rejoindre, et qui me me regarda d'un air de surprise et de mécontentement. Celle-ci était déjà une jeune personne. Elle connaissait sans doute déjà la prudence. Elle avait au moins une vingtaine d'années.

— Vous voyez, mademoiselle, lui dis-je en tendant à sa sœur le nœud de rubans au bout de ma canne, je m'arrête à la limite de votre empire, je ne me permets pas de mettre le pied seulement sur la première marche de l'escalier.

Elle vit tout de suite que j'étais un homme bien élevé, et me remercia d'un doux et charmant sourire. Quant à l'enfant, elle saisit le nœud avec vivacité, et me fit signe de ne pas m'arrêter sur la glace. Je m'en retournai lentement et les saluai toutes deux de l'autre rive. Elles me crièrent *merci* avec beaucoup de grâce ; puis j'entendis l'aînée dire à la petite : S'*il* voyait cela, il nous gronderait ! — Sauvons-nous ! répondit l'enfant en recommençant son rire frais et clair comme une clochette d'argent. Elles se prirent par la main, et partirent en courant et en riant vers le château. Quand elles eurent disparu, je regagnai la modeste demeure de monsieur et madame Volabù, un peu préoccupé de ma petite aventure.

Je trouvai mon souper prêt. J'aurais été Grandgousier en personne, qu'on ne m'eût pas traité plus largement. Je crois que toute la petite basse-cour de madame Volabù y avait passé. Je n'aurais pas eu bonne grâce à me plaindre de cette prodigalité, en voyant l'air de triomphe naïf avec lequel ces braves gens me faisaient les honneurs de chez eux. J'exigeai qu'ils se missent à table avec moi, ainsi que la vieille mère de madame Volabù, qui était encore une robuste virago nommée madame Peirecole, et qui paraissait prendre à cœur d'être bonne gardienne de l'honneur de son gendre.

Il me fallut soutenir un rude assaut pour me préserver d'une indigestion, car mon brave *vetturino* semblait décidé à me faire étouffer. Dès que je pus obtenir quelques instants de répit, j'en profitai pour faire des questions sur le château et ses habitants.

— C'est bien vieux, ce château, me dit Volabù d'un air capable ; c'est laid, n'est-ce pas ? Ça ressemble à une grande masure ? Mais c'est plus joli en dedans qu'on ne croirait ; c'est très bien tenu, bien conservé, bien arrangé, quoiqu'en vieux meubles qui ne sont plus de mode. Il y a des

calorifères, ma foi! C'est que le vieux marquis ne se refusait rien. Il n'était pas très
généreux pour les autres, mais il aimait
bien ses aises, et il passait presque toute
l'année ici. L'hiver, il n'allait qu'un peu à
Paris, en Italie jamais, et pourtant c'était
son pays.

— Et qui possède ce château à présent?

— Son frère, le comte de Balma, qui vient
de passer marquis par le décès de l'aîné
de la famille. Dame, il n'est pas jeune non
plus! C'est le sort de. notre village, on

dirait, d'avoir sous les yeux vieille maison
et vieilles gens.

— Bah! la jeunesse ne manque pas encore dans le château, dit madame Volabù,
M. le nouveau marquis n'a-t-il pas cinq
enfants, dont le plus âgé ne l'est guère plus
que monsieur? En parlant ainsi, madame
Volabù me désignait à son mari, dont les
yeux s'arrondirent tout à coup, en même
temps que sa bouche s'allongeait en une
moue assez risible.

— Oh! s'écria-t-il, M. de Balma a des
garçons à présent! Quand je suis parti, il

n'avait qu'une fille, et il n'y a qu'un mois de cela.

— C'est qu'il ne nous disait pas tout apparemment, dit à son tour la vieille madame Peirecote. Depuis un mois, il lui est arrivé une famille nombreuse, deux autres filles et deux garçons, tous beaux comme des amours; mais qu'est-ce que ça vous fait, Volabù?

— Ça ne me fait rien, la mère; mais c'est égal, notre vieux marquis est diablement sournois, car je lui ai entendu dire à M. le curé qu'il n'avait qu'une fille, celle qui est arrivée avec lui le lendemain de la mort du dernier marquis.

— Eh bien ! reprit la vieille, c'est qu'il n'y a que celle-là de légitime peut-être, et que les quatre autres enfants sont des bâtards. Ça ne prouve pas un mauvais homme d'avoir recueilli tout ça le jour où il s'est vu riche et seigneur. Sans doute il veut les établir pour effacer devant Dieu tous ses vieux péchés.

— Après ça, ils ne sont peut-être pas à lui, tous ces enfants ? observa madame Volabù.

— Il les appelle tous mes enfants, répondit la mère Peirecote, et ils l'appellent tous *mon papa*. Quant à savoir au juste ce qui en est, ce n'est pas facile. C'est une maison où il y a toujours eu de gros secrets, par rapport surtout à M. le marquis actuel. Du temps de l'autre, est-ce qu'on savait quelque chose de clair sur celui d'à présent. Que ne disait-on pas? M. le marquis a eu un frère qui est mort aux Indes, disaient les uns. D'autres disaient au contraire : Le frère puîné de M. le marquis n'est pas si mort ni si éloigné qu'on croit; mais il a changé de nom, parce qu'il a fait des folies, des dettes qu'il ne peut payer, et il y a bien cinquante ans que monsieur ne veut pas le voir. Les uns disaient encore : Il ne peut pas lui pardonner sa mauvaise conduite, mais il lui envoie de l'argent de temps en temps en cachette. Et les autres répondaient : Il ne lui envoie rien du tout. Il a le cœur trop dur pour cela. Le pire des deux n'est pas celui qu'on pense.

— Et ne peut-on éclaircir cette histoire ? demandai-je. Personne dans le pays n'est-il mieux renseigné que vous? Il est étrange qu'un membre d'une grande famille sorte ainsi de dessous terre.

—Monsieur, dit la vieille, on ne peut rien savoir de ces gens-là. Moi, voilà ce que je sais, ce que j'ai vu dans ma jeunesse. Il y avait deux frères du nom de Balma, famille piémontaise bien anciennement établie dans le pays. L'aîné était fort sage, mais pas de très bon cœur, cela est certain. Le cadet avait une diable de tête, mais il n'était pas fier. Il n'avait rien à lui, et je n'ai point vu d'enfant si aimable et si joli. Les Balma ont vécu longtemps hors du pays. Un beau jour, l'aîné vint prendre possession de son domaine et habiter son château, sans vouloir permettre qu'on lui fît une pauvre question, et mettant à la

porte quiconque se montrait curieux du
sort de son frère. Cet aîné a vécu jusqu'à
l'âge de quatre-vingts ans sans se marier,
sans adopter personne, sans souffrir un
seul parent près de lui. Il est mort sans
faire de testament, comme un homme qui
dit : Après moi, la fin du monde ! Mais
voilà que l'on a vu arriver tout à coup le
jeune homme qui a produit de bons titres,
et qui a hérité naturellement du titre, du
château et des grands biens de la famille.
Il y a au moins deux, trois ou quatre mil-
lions de fortune. C'est quelque chose pour
un homme qui était, dit-on, dans la dernière misère. Pauvre enfant ! j'ai été le sa-

luer; il s'est souvenu de moi, et il a été encore galant en paroles, comme si je n'avais que quinze ans.

— Mais ce jeune homme, cet enfant dont vous parlez, la mère, c'est donc le nouveau marquis? dit M. Volabù. Diantre! il n'a pas l'air d'un freluquet pourtant.

— Dame! il peut bien avoir, à cette heure, soixante-douze ans, répondit naïvement madame Peirecote. Aussi il est bien changé! Et l'on dit qu'il est devenu raisonnable, et que sa fille aînée est rangée, économe, que c'est surprenant de la part de gens qu'on croyait disposés à tout avaler dans un jour.

— Peste! c'est l'âge de s'amender, reprit Volabù. Soixante-douze ans! excusez! Le *jeune homme* a dù mettre de l'eau dans son vin.

Les époux Volabù, voyant que j'avais fini de manger, commencèrent à desservir, et je m'approchai du feu, où je retins la mère Peirecote pour la faire encore parler. Je n'aurais pourtant pas su dire pourquoi l'histoire des Balma excitait à ce point ma curiosité.

VIII.

LE SABBAT.

VIII.

Le Sabbat.

— Et les deux jeunes demoiselles,
dis-je à ma vieille hôtesse, vous les connaissez?

— Non, monsieur. Je n'ai fait encore

que les apercevoir. Il n'y a qu'une quin-
zaine qu'elles sont ici, et le dernier jeune
homme, qui paraît avoir quinze ans tout
au plus, est arrivé avant-hier au soir. Ce
qui fait dire dans le village que ce n'est
peut-être pas le dernier, et qu'on ne sait
pas où s'arrêtera la famille de M. le marquis. Chacun dit son mot là-dessus : il
faut bien rire un peu, pour se consoler de
ne rien savoir.

— Le nouveau marquis a donc les
mêmes habitudes de mystère que l'ancien?

— C'est à peu près la même chose, c'est

même encore pire, puisque, ce qu'il a été
et ce qu'il a fait durant tant d'années qu'on
ne l'a pas vu, il a sans doute intérêt à le
cacher plus encore que feu M. son frère;
mais pourtant ce n'est pas le même
homme. On commence à me croire, quand
je dis que celui-ci vaut mieux, et on lui
rendra justice plus tard. L'autre était sec
de cœur comme de corps; celui-ci est un
peu brusque de manières, et n'aime pas
non plus les longs discours. Il ne se fie pas
au premier venu : on dirait qu'il connaît
tous les tours et toutes les ruses de ceux
qui *quémandent;* mais il s'informe, il con-
sulte; sa fille aînée le fait avec lui, et les

secours arrivent sans bruit à ceux qui ont vraiment besoin. M. le curé a bien remarqué cela, lui qui s'affligeait tant lorsqu'il a vu venir ce prétendu mauvais sujet : il commence à dire que les pauvres gens n'ont pas perdu au change.

—Voilà qui s'explique, madame Peire-cote, et l'histoire gagne en moralité ce qu'elle perd en merveilleux. Cela se résume en un vieux proverbe de votre connaissance sans doute : « Les mauvaises têtes font les bons cœurs. »

— Vous avez bien raison, monsieur, et

c'est triste à dire, les trop bonnes têtes font souvent les cœurs mauvais. Qui ne pense qu'à soi n'est bon qu'à soi... Il n'en reste pas moins du merveilleux dans cette maison-là. De tout temps, il s'est passé au château des Désertes des choses que le pauvre monde comme moi ne peut pas comprendre. D'abord, on dit que tous les Balma sont sorciers de père en fils, et l'on me dirait que l'aîné des demoiselles en tient, que cela ne m'étonnerait pas, car elle ne parle pas et n'agit pas comme tout le monde : elle ne va pas du tout vêtue selon son rang, elle ne porte ni plumes à son chapeau ni cachemires, comme les dames

riches du pays; elle a la figure si blanche,
qu'on dirait qu'elle est morte. Les deux
autres demoiselles sont un peu plus élé-
gantes et paraissent plus gaies; mais l'aîné
des jeunes gens a l'air d'un vrai fou : on
l'entend parler tout seul, et on le voit faire
des gestes qui font peur. Quant à M. le
marquis, tout charitable qu'il est, il a l'air
bien malin. Enfin, monsieur, vous me croi-
rez si vous voulez, mais les domestiques
du château ont peur et sont fort aises
qu'on les renvoie à sept heures du soir, en
leur permettant d'aller faire la veillée et
coucher dans le village, où ils ont tous
leur famille, car ce marquis n'a amené

avec lui aucun serviteur étranger qu'on puisse faire parler. Tous ceux qui sont employés au château sont pris à la journée, parce qu'on a renvoyé tous les anciens. Cela fait que, pendant douze heures de nuit, personne ne peut savoir ce qui se passe dans la maison.

— Et pourquoi suppose-t-on qu'il s'y passe quelque chose? Peut-être que ces Balma sont tout simplement de grands dormeurs qui craignent le bruit de l'office.

— Oh! que non, monsieur! ils ne dor-

ment pas. Ils s'en vont dans tout le château, montant, descendant, traversant les
vieilles galeries, s'arrêtant dans des cham-
bres qui n'ont pas été habitées depuis cent
ans peut-être. Ils remuent les meubles, les
transportent d'un coin à l'autre, parlent,
crient, chantent, rient, pleurent, se dis-
putent..., on dit même qu'ils se battent,
car ils font là-dedans un sabbat désordonné.

— Comment sait-on tout cela, puisqu'ils renvoient tout le monde de si bonne
heure?

— Oui, et ils s'enferment, ils barricadent tout, portes et contrevents, après avoir fait la ronde pour s'assurer qu'on ne les espionne pas. Le fils du jardinier, qui s'était caché dans une armoire par curiosité, a manqué être jeté par les fenêtres, et il a eu une si grosse peur, qu'il en a été malade, car il prétend que ces messieurs et ces demoiselles, et même M. le marquis, étaient tous habillés en diables, et que cela faisait dresser les cheveux sur la tête de les voir ainsi, et de leur entendre dire des choses qui ne ressemblaient à rien.

— A la bonne heure, madame Peire-

cote! voici qui commence à m'intéresser !
Les vieux châteaux où il ne se passe
pas des choses diaboliques ne sont bons à
rien.

— Vous riez, monsieur; vous ne croyez
pas à cela? Eh bien! si je vous disais que
j'ai été écouter le plus près possible
avec ma fille, et que j'ai vu quelque
chose?

— Bien! voyons, contez-moi cela.

— Nous avons vu à travers les fentes
d'un vieux contrevent qui ne ferme pas

aussi bien que les autres, et qui donne
ouverture à l'ancienne salle des gardes du
château, des lumières passer et repasser
si vite, qu'on eût dit que des diables seuls
pouvaient les faire courir ainsi sans les
éteindre. Et puis, nous avons entendu le
bruit du tonnerre et le vent siffler dans le
château, quoiqu'il fît une belle nuit de
gelée bien tranquille comme ce soir. Un
grand cri est venu jusqu'à nous, comme si
l'on tuait quelqu'un, et nous n'avions pas
une goutte de sang dans les veines. C'était
la semaine dernière, monsieur! Nous nous
sommes sauvées, ma fille et moi, parce
que nous ne doutions pas qu'un crime

n'eût été commis, et nous ne voulions pas être appelées comme témoins : cela fait toujours du tort à de pauvres gens comme nous de témoigner contre les riches ; on s'en aperçoit plus tard. Si bien que nous n'avons pu fermer l'œil de toute la nuit ; mais le lendemain tout le monde se portait bien dans le château : les demoiselles riaient et chantaient dans le jardin comme à l'ordinaire, et M. le marquis a été à la messe, car c'était un dimanche. Seulement les domestiques nous ont dit qu'ils avaient brûlé dans la nuit plus de cinquante bougies, et que tout le souper avait été mangé jusqu'au dernier os.

— Ah! il me paraît qu'ils fêtent joyeu-
sement le diable?

— Tous les soirs, un bon souper de
viandes froides, avec des gâteaux, des
confitures et des vins fins, leur est servi
dans la salle à manger, en même temps
qu'on dessert leur dîner. On ne sait pas à
quelle heure ni avec quels convives ils le
mangent; mais ils ont affaire à des esprits
qui ne se nourrissent pas de fumée. Le
matin, on trouve les fauteuils rangés en
cercle autour de la cheminée du grand
salon, et dans tout le reste de la maison il
n'y a pas trace du remue-ménage de la

nuit. Seulement, il y a toute une partie
du château, celle qu'on n'habite plus depuis longtemps, qui est fermée et cade-
nassée de façon à ce que personne ne
puisse y mettre le bout du nez. Ils ont, au
reste, fort peu de domestiques pour une si
grande maison et tant de maîtres. Ils n'ont
encore reçu personne, si ce n'est le maire
et le curé, lesquels ont vu seulement M. le
marquis dans son cabinet, sans qu'aucun
de ses enfants ait paru, excepté sa fille
aînée. Les demoiselles n'ont pas de filles
de chambre, et semblent tout aussi habi-
tuées que les messieurs à se servir elles-
mêmes. Le service intérieur est fait aussi

par des femmes de journée que l'on con-
gédie quand elles ont balayé et rangé, et
vous savez, monsieur, les hommes sont si
simples! Quand il n'y a pas de femmes
au courant des affaires d'une maison,
on ne peut rien savoir.

— C'est vraiment désespérant, ma chère
madame Peirecote, dis-je en retenant une
bonne envie de rire.

— Oui, monsieur, oui! Ah! si j'étais
plus jeune, et si je ne craignais pas d'at-
traper un rhumatisme en faisant le guet, je
saurais bientôt à quoi m'en tenir. Par

exemple, ces jours derniers, la servante
qui fait les lits a trouvé au pied de celui
d'une des demoiselles des pantoufles dépa-
reillées. On a beau se cacher, on n'est jamais à l'abri d'une distraction. Eh bien !
monsieur, devinez ce qu'il y avait à la
place de la pantoufle perdue durant le
sabbat !

— Quoi ? un gros crapaud vert, avec des
yeux de feu ? ou bien un fer de cheval
qui a brûlé les doigts de la pauvre servante ?

— Non, monsieur, un joli petit soulier

de satin blanc avec un nœud de beaux rubans rose et or !

— Diantre ! cela sent le sabbat bien davantage. Il est évident que ces demoiselles avaient été au bal sur un manche à balai !

— Chez le diable ou ailleurs, il y avait eu bal aussi au château, car on avait justement entendu des airs de danse, et les parquets s'en ressentaient ; mais quels étaient les invités, et d'où sortait le beau monde ? car on n'a vu ni voitures ni visites d'aucune espèce autour du château, et à moins

que la bande joyeuse ne soit descendue et
remontée par les tuyaux de cheminée, je
ne vois pas pour qui ces demoiselles
ont mis des souliers blancs à nœuds rose
et or.

J'aurais écouté madame Peirecote toute
la nuit, tant ses contes me divertissaient;
mais je vis que mes hôtes désiraient se
retirer, et je leur en donnai l'exemple.
Volabù me conduisit à sa meilleure chambre et à son meilleur lit. Sa femme m'ac-
cabla aussi de mille petits soins, et ils ne
me quittèrent qu'après s'être assurés que
je ne manquais de rien. Volabù me de-

manda au travers de la porte à quelle heure
je voulais partir pour Briançon. Je le priai
d'être prêt à sept heures du matin, ne
voulant pas être à charge plus longtemps
à sa famille.

Je n'avais pas la moindre envie de dormir, car il n'était que sept heures du soir,
et j'avais douze heures devant moi. Un
bon feu de sapin pétillait dans la cheminée
de ma petite chambre, et une grande pro-
vision de branches résineuses, placée à
côté, me permettait de lutter contre la
froide bise qui sifflait à travers les fenêtres
mal jointes. Je pris mes crayons, et j'es-

quissai les deux jolies figures des demoiselles de **Balma**, dans le costume et les attitudes où elles m'étaient apparues, sans
oublier le beau lévrier blanc et le cadre
des grands cyprès noirs couverts de flo-
cons de neige. Tout cela trottait encore
plus vite dans mon imagination que sur le
papier, et je ne pouvais me défendre d'une
émotion analogue à celle que nous fait
éprouver la lecture d'un conte fantastique
d'Hoffmann, en rapprochant de ses charmantes figures si candides, si enjouées, si
heureuses en apparence, les récits bizarres
et les diaboliques commentaires de ma
vieille hôtesse. Ainsi que dans ces contes

germaniques, où des anges terrestres lut-
tent sans cesse contre les piéges d'un esprit infernal pétri d'ironie, de colère et de
douleur, je voyais ces beaux enfants fleurir
à leur insu, sous l'influence perfide de
quelque vieux alchimiste couvert de cri-
mes, qui les élevait à la brochette pour ven-
dre leurs âmes à Satan, afin de dégager la
sienne d'un pacte fatal. La petite ne se
doutait de rien encore, l'autre commen-
çait à se méfier. Au milieu de leur gaieté
railleuse, il m'avait semblé voir percer de
la crainte pour un maître qu'elles n'a-
vaient pas osé nommer. *Qu'il grogne, le grognon!* avaient-elles dit, et puis encore, en

parlant de ma traversée périlleuse sur le fossé, l'aînée avait dit : *S'il voyait cela il nous gronderait*. Était-ce leur père qu'elles redoutaient ainsi, tout en affectant de se moquer? Rien ne prouvait qu'elles fussent les filles de ce vieux marquis ressuscité par magie après avoir passé pour mort, que dis-je? après avoir été mort probablement pendant cinquante ans. Ce devait être un vampire. Il les tourmentait déjà toutes les nuits; mais chaque matin, grâce à sa science, elles avaient perdu le souvenir de ce cauchemar, et tâchaient de se reprendre à la vie. Hélas! elles n'en avaient pas pour longtemps, les pauvrettes! Un matin, on les trouverait étranglées dans quelque gargouille du vieux manoir.

A ces folles rêveries quelques indices réels venaient pourtant se joindre. Je ne sais ce que les nœuds de rubans venaient faire là ; mais le ruban rose et or du petit soulier coïncidait, je ne sais comment, avec le nœud de ruban cerise que j'avais ramassé. *Son nœud*, avait-elle dit, *son nœud d'epée* ! — Qui donc, dans le château, portait encore le costume de nos pères, l'épée et le nœud d'épée ? Cela était vraiment bizarre, et *il* l'avait fait lui-même ! *Il* prétendait que ces charmantes petites mains de

fée ne savaient pas faire un nœud digne de
lui ! *Il* était donc bien impérieux et bien dif-
ficile, ce **tyran** de la jeunesse et de la
beauté ! Qu'il fût jeune ou vieux, ce por-
teur d'épée, ce faiseur de nœuds, il était
peu galant ou peu paternel. Ce ne pouvait
être que le diable ou l'un de ses suppôts
rechignés.

Je ne sais combien de bizarres compo-
sitions me vinrent à ce sujet ; mais je ne
les exécutai point. La mère Peirecote m'a-
vait soufflé le poison de sa curiosité, et je
ne tenais pas en place. Il me sembla qu'il
était fort tard, tant j'avais fait de rêves en

peu d'instants. Ma montre s'était arrêtée ;
mais l'horloge du hameau sonna neuf heures, et je m'inquiétai du reste de ma nuit,
car je n'avais plus envie de dessiner ; il
m'était impossible de lire, et je mourais
d'envie d'agir comme un écolier, c'est-à-
dire d'aller chercher quelque aventure poé-
tique ou ridicule sous les murs du vieux
château.

Je commençai par m'assurer d'un moyen
de sortie qui ne fît ni bruit ni scandale, et
je l'eus trouvé avant d'être décidé à m'en
servir. Les contrevents de ma fenêtre ou-
vraient sans crier et donnaient sur un petit

jardin clos seulement d'une haie vive fort basse. La maison n'avait qu'un étage de niveau avec le sol. Cela était si facile et si tentant, que je n'y résistai pas. Je me munis d'un briquet, de plusieurs cigares, de ma canne à tête plombée ; je cachai ma figure dans un grand foulard, je m'enveloppai de mon manteau, et, pour me déguiser mieux, je décrochai de la muraille une espèce de chapeau tyrolien appartenant à M. Volabù ; puis je sortis de la maison par la fenêtre, je poussai les contrevents, j'enjambai la haie ; la neige absorbait le bruit de mes pas. Tout dormait dans le village ; la lune brillait au ciel. Je gagnai la cam-

pagne, rien qu'en faisant à l'extérieur le
tour de la maison.

J'arrivai au fossé que je connaissais déjà
si bien. La nuit avait raffermi la glace. Je
montai, non sans peine, le petit escalier,
qui était devenu fort glissant. J'entrai résolument dans le parc, et j'approchai du
château comme un Almaviva préparé à
toute aventure.

Je touchais aux portes vitrées du rez-de-
chaussée donnant toutes sur une longue
terrasse couverte de vignes desséchées par
l'hiver, qui ressemblaient, dans la nuit, à

de gros serpents noirs courant sur les
murs et se roulant autour des balustres.
J'avais monté sans hésiter l'escalier bordé
de grands vases de terre cuite qui entail-
lait noblement le perron sur chaque face.
Tous les volets étaient hermétiquement
fermés; je ne craignais pas qu'on me vît
de l'intérieur. Je voulais écouter ces bruits
étranges, ces cris, ces roulements de tonnerre, ces meubles mis en danse, cette
musique infernale dont ma vieille hôtesse
m'avait rempli la cervelle.

Je ne fus pas longtemps sans reconnaître qu'on agissait énergiquement dans

cette demeure silencieuse et déserte au dehors. De grands coups de marteau résonnaient dans l'intérieur, et des éclats de voix, comme de gens qui discutent ou s'avertissent en travaillant, frappèrent confusément mon oreille. Tout cela se passait fort près de moi, probablement dans une des pièces du rez-de-chaussée; mais les contrevents en plein chêne, rembourrés de crins et garnis de cuir, ne me permettaient pas de saisir un seul mot.

Les aboiements d'un chien m'avertirent de me tenir à distance. Je descendis le perron, et bientôt j'entendis ouvrir la porte

que je venais de quitter. Le chien hurlait,
je me crus perdu, car le clair de lune ne
me permettait pas de franchir l'espace
découvert qui me séparait des premiers
massifs.

— Ne laisse pas sortir Hécate! dit une
voix que je reconnus aussitôt pour celle
de la plus jeune de mes deux héroïnes.
Elle est folle au clair de la lune, et elle
casse tous les vases du perron.

— Rentrez, Hécate! dit l'autre, dont je
reconnus aussi la voix. Elle ferma la porte
au nez de la grande levrette, qui les aver-

tissait de ma présence et gémissait de n'être pas comprise.

Les deux jeunes filles s'avancèrent sur le perron. Je me cachai sous la voûte qu'il formait entre les deux escaliers latéraux.

— Ne mets donc pas ainsi tes bras nus sur la neige, petite, tu vas t'enrhumer, disait l'aînée. Qu'as-tu besoin de t'appuyer sur la balustrade ?

— Je suis fatiguée, et je meurs de chaud.

— En ce cas, rentrons.

— Non, non ! c'est si beau la nuit, la lune et la neige ! Ils en ont au moins pour un quart d'heure à arranger le *cimetière*, respirons un peu.

Le *cimetière* me fit ouvrir l'oreille ; la nuit sonore me permettait de ne pas perdre une de leurs paroles, et j'allais saisir le mot de l'énigme, lorsque quelqu'un de l'intérieur, ennuyé des cris du chien, ouvrit la porte et laissa passer la maudite bête, qui s'élança jusqu'à moi et s'arrêta à l'entrée de la voûte, indignée de ma présence, mais tenue en respect par la canne dont je la menaçais.

— Oh! qu'*ils* sont ennuyeux d'avoir là-
ché Hécate! disaient tranquillement ces
demoiselles, pendant que j'étais dans
cette situation désespérée. Ici, Hécate,
tais-toi donc! tu fais toujours du bruit
pour rien!

— Mais comme elle est en colère! c'est
peut-être un voleur, dit la petite.

— Est-ce qu'il y a des voleurs ici?
me cria l'aînée en riant; monsieur le voleur, répondez.

— Ou bien, c'est un curieux, ajouta

l'autre ; monsieur le curieux, vous perdez votre temps ; vous vous enrhumez pour rien. Vous ne nous verrez pas.

— A toi, Hécate ! mange-le !

Hécate n'eût pas demandé mieux, si elle eût osé. Bruyante, mais craintive, comme le sont les levrettes, elle reculait hérissée de colère et de peur, quoiqu'elle fût de taille à m'étrangler.

— Bah ! ce n'est personne, dit l'une des demoiselles, elle crie après la statue qui est là au fond de la grotte.

— Et si nous allions voir?

— Ma foi non, j'ai peur !

— Et moi aussi, rentrons!

— Appelons *nos garçons !*

— Ah bien oui! ils ont bien autre chose en tête, et ils se moqueront de nous comme à l'ordinaire

— Il fait froid, allons-nous en.

— Il *fait peur*, sauvons-nous !

Elles rentrèrent, en rappelant la chienne.
Tout se referma hermétiquement, et je
n'entendis plus rien pendant un quart
d'heure ; mais tout à coup les cris d'une
personne qui semblait frappée d'épouvante
retentirent. On parla haut, sans que je
pusse distinguer ni les paroles ni l'accent.
Il y eut encore un silence, puis des éclats
de rire, puis plus rien, et je perdis patience,
car j'étais transi de froid, et la maudite levrette pouvait me trahir encore, pour peu
qu'on eût le caprice de venir poser de jolis
petits bras nus sur la neige de la balustrade. Je regagnai la maison Volabù, certain qu'on ne m'avait pas tout-à-fait

trompé, et qu'on travaillait. dans le château à une œuvre inconnue et inqualifia-
ble, mais un peu honteux de n'avoir
rien découvert, sinon qu'on arrangeait
le *cimetière* et qu'on se moquait des curieux.

La nuit était fort avancée quand je me
retrouvai dans ma petite chambre. Je
passai encore quelque temps à rallumer
mon feu et à me réchauffer avant de pouvoir m'endormir, si bien que, lorsque Volabù vint pour m'éveiller avec le jour, il
n'osa le faire, tant je m'acquittais en conscience de mon premier somme. Je me levai

tard. Il avait eu le temps de me préparer
mon déjeûner, qu'il fallut accepter sous
peine de désespérer le brave homme et
madame Volabù, qui avait des prétentions
assez fondées au talent de cuisinière. A
midi, une affaire survint à mon hôte : il
était prêt à y renoncer pour tenir sa parole envers moi ; mais moi, sans me van-
ter de mon escapade, j'avais un *fiasco* sur
le cœur, et je me sentais beaucoup moins
pressé que la veille d'arriver à Briançon.
Je priai donc mon hôte de ne pas se gêner,
et je remis notre départ au lendemain, à
la condition qu'il me laisserait payer la
dépense que je faisais chez lui, ce qui donna

lieu à de grandes contestations, car cet homme était sincèrement libéral dans son hospitalité. Il eût discuté avec moi pour une misère durant le voyage, si j'eusse voulu marchander ; chez lui, il était prêt à mettre le feu à la maison pour me prouver son savoir-vivre.

FIN DU PREMIER VOLUME.

Clermont (Oise). — Imprimerie A. DAIX. rue de Condé, 88.